秘された布石

御庭番の二代目15

氷月 葵

二見時代小説文庫

目次

秘された布石——御庭番の二代目15

江戸城概略図

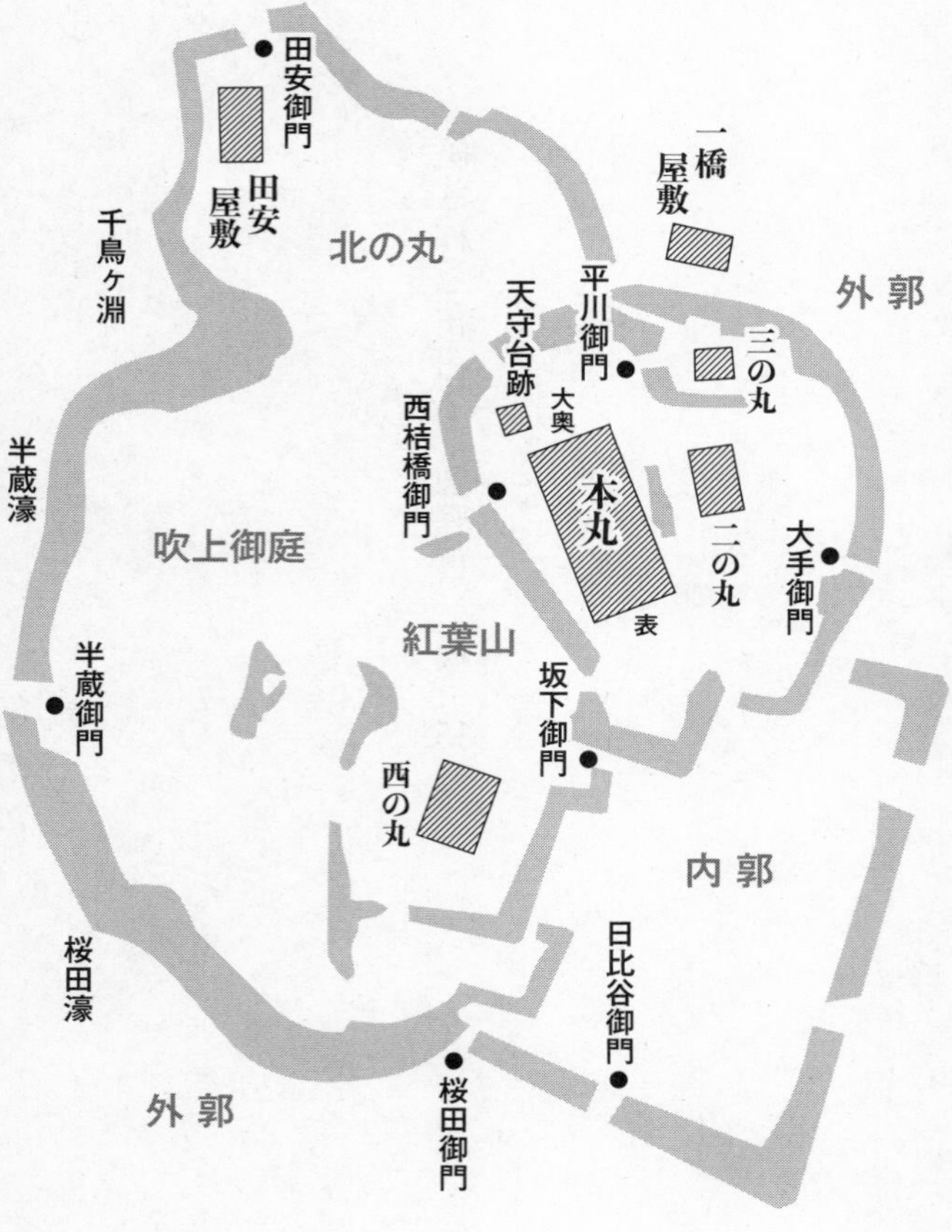
田安御門
田安屋敷
一橋屋敷
千鳥ヶ淵
北の丸
外郭
平川御門
天守台跡
三の丸
大奥
西桔橋御門
半蔵濠
本丸
吹上御庭
二の丸
大手御門
表
紅葉山
半蔵御門
坂下御門
西の丸
内郭
桜田濠
日比谷御門
桜田御門
外郭

第一章　徳川《とくがわ》の息子

一

江戸城にほど近い御庭番御用屋敷《おにわばんごようやしき》。

畳の上で宮地加門《みやぢかもん》は細長い木箱を風呂敷《ふろしき》に包んでいた。

廊下から入って来た妻の千秋《ちあき》が、その手元を覗《のぞ》き込む。

「お祝いの掛《か》け軸《じく》ですね、お持ちになるのですか」

うむ、と加門は妻を見上げる。

「豊千代《とよちよ》様も、もう生まれてからふた月だ。健《すこ》やかに育っておられるそうだから、安心して持って行ける」

「そうですね、赤子はなにが起きるかわかりませんけど、今お健《すこ》やかなれば、もう大丈夫でしょう」

千秋が横に座って微笑《ほほえ》んだ。

豊千代は徳川治済《はるさだ》の第一子だ。御三卿《ごさんきょう》の一家である一橋《ひとつばし》家の当主治済は、子のないまま正室に先立たれ、側室を迎えた。岩本家《いわもとけ》の富《とみ》だ。

その富が、先々月の十月五日、男子を産んだのだった。ゆくゆくは一橋家のあとを継ぐことになるはずの嫡男《ちゃくなん》だ。

「岩本様もお喜びでしょうね」

「ああ、大層、喜んでおった。意次《おきつぐ》もな」

富を側室に選んだのは田沼《たぬま》意次だ。

老中《ろうじゅう》で御側御用人《おそばごようにん》を兼任する田沼意次は、今の幕臣では最高位といってよい。表向きの政《まつりごと》に携《たずさ》わる老中と、奥で将軍に仕える御側御用人を兼ねることは、普通はない。先代の将軍であった家重《いえしげ》の篤《あつ》い信頼を、息子の十代将軍である家治《いえはる》が引き継いだことによる地位だ。家治自身、表においても奥においても意次を頼りにしていた。

そして、そこを見込んだ徳川治済が、側室選びを意次に依頼したのだった。

「さて」と加門は立ち上がった。

「では、行って来るぞ」

「はい」と千秋は廊下を付いて来る。

「行ってらっしゃいませ」

三つ指をついて、夫を見送る。

外に出た加門は、木枯《こが》らしに目を細めながら、屋敷の外へと歩き出した。

坂道を下りながら、加門は江戸の町を見渡す。

去年の春には、目黒《めぐろ》の行人坂《ぎょうにんざか》から火の手が上がり、またたく間に江戸中が炎に呑まれた。

焼け野原になった町だったが、すでに新しく建った家々の屋根が広がっている。

しかし、と加門は溜息を吐《つ》いた。

大火のすぐあとには疫病《えきびょう》が流行《はや》り、八月と九月には大風雨によって、大きな被害が出た。明和《めいわ》九年（一七七二）であったことから、駄《だ》じゃれ好きな江戸の者らは「めいわくな年」と言い合った。

公儀も立て続いた災害の厄《やく》を祓《はら》うかのように、年号を改めることとした。年末も差し迫った十一月に、明和から安寧《あんねい》を願う安永《あんえい》へと変わったのだ。

加門は溜息のまま、町を見る。

だが、安永二年として年が明けた今年も、安寧とはいかなかった。春に疫病が起こり、たちまちのうちに江戸中に広がったのだ。〈質《たち》の悪い風（風邪《かぜ》）〉と言われたその病は、江戸の民十九万の命を奪って、去って行った。

ふっと息を吐いて、加門は風呂敷包みを抱え直す。

喜びごとは気持ちが救われるな……。そうつぶやくと、口元も弛《ゆる》んだ。

道をいくどか曲がって、やがて加門は岩本家に着いた。

「やあやあ、わざわざかたじけない」

岩本正利《まさとし》は、満面の笑みで向かい合った。

「いや、遅くなってしまったが……」

加門はそう言いながら、木箱の蓋《ふた》を開ける。

「ふさわしい絵を、と思ってな、絵師に頼んだのだ」

取り出した掛け軸の紐《ひも》を解きながら、正利に渡す。

畳の上に置いた正利は、ゆっくりとそれを広げた。

「ほうっ」

正利はそれを手に、立ち上がる。踵《きびす》を返して床《とこ》の間《ま》に向かうと、掛けてあった軸と交換した。

加門も横に並んで、それを見る。

描かれているのは滝を登る大きな鯉《こい》だ。

「鯉の滝登りか」

正利の笑みに、加門は頷く。

「うむ、滝を登りきれば鯉は龍《りゅう》に変わるというからな、これからの岩本家にふさわしいと思うたのだ」

「おう、いい絵だ」正利は、絵を指さす。

「岩がたくさんあるな。これは……」

「ああ、岩本家に掛けたのだ、岩から登って龍になる、となる。よいだろう」

「そうか」正利は手を打つ。

「いや、さすが加門殿、なんとも縁起《えんぎ》がよい、ありがたいことだ」

笑顔の正利に頷いて、加門は床の間横の棚《たな》を見る。

祝いの品らしいものが、いくつも並んでいる。

「おや」と加門は一つに目を留めた。

「渡来物《とらいもの》だな、明《みん》の磁器《じき》か」

鮮やかな彩色《さいしき》の施《ほどこ》された壺《つぼ》が置いてある。

「ああ、それは石谷《いしがや》殿が、長崎《ながさき》で手に入れた物を贈ってくれたのだ」

「清昌《きよまさ》殿か、長崎ならではだな」

加門は手に取った。

石谷清昌は勘定奉行《かんじようぶぎよう》であるが、田沼意次に長崎奉行を任されて、三年前まで務めていた。

正利は目を細めた。

「おきつ、いや、田沼様といい、我ら二代目はよい仲間だとつくづくと思うわ」

ああ、と加門も微笑む。

加門も意次も、そして正利も清昌も、皆、家の二代目だ。どの家も、初代は紀州《きしゆう》藩主《はんしゆ》であった徳川吉宗《よしむね》の家臣だった。その吉宗が将軍を継ぐこととなり、江戸へ出て来たさい、従ってきたのがそれぞれの初代だ。

紀州から来た者らは絆《きずな》が強く、初代のみならず、二代目になっても親しくつきあっている。田沼家と石谷家は、婚姻《こんいん》による姻戚《いんせき》にもなっているほどだった。

意次が岩本家の富を側室に勧めたのも、そうした深い信頼とつながりがあるがこそだった。

そこに、廊下から声が上がった。

「失礼いたします」

妻女の清《きよ》が、茶碗の乗った盆を手にして入って来る。

「おう、見ろ、よい絵をもらったぞ」

正利の笑顔に清も「まあ」と目を瞠《みは》る。

「ほんに、縁起のよい……」

清は振り返って頭を下げる。

「ありがとうございまする」

「いや……つまらんもので……」

茶の湯気を顔に受けながら、加門は並んだ夫婦を見た。

「ところで、豊千代様には会われたのか」

「はい」清が頷く。

「お富と、それに御家老様が言うてくだすったようです」

「ああ、意誠《おきのぶ》殿か、さすが気配りが細《こま》やかだ」

一橋家の家老は田沼能登守《のとのかみ》意誠が務めている。意次の弟である意誠は元服してすぐに治済の父である宗尹《むねただ》の小姓《こしょう》となり、そのまま仕えていた。宗尹が当主となった一橋家にもそのまま仕え、その精勤さから家老を任されすでに長い。

「うむ」正利が身を乗り出す。

「おきの、いや、能登守様はなにかとお気遣いくださると、お富も言うていた。ありがたいことよ」

「ふむ、生真面目《き》なだけでなくお気持ちが細やかだからな、気を利かせてくだすったのだろう」

ああ、と正利が頷く。

「そうに違いない、孫なのだから顔を見よ、と一橋様がお屋敷にお呼びくださったのだ。いやまあ、肝《きも》が縮んだがな」

「あら、そうでしたの」

清が小さく笑うと、正利は苦笑した。

「それはそうだろう……なにしろ御三卿のお屋敷……それに孫と言っても、徳川様の御子ではないか、いや、畏《おそ》れ多いというか……なのに……」

正利は妻を指さして、加門に首を伸ばす。

「こやつは平気で御子を抱きおったのだ。わたしは落としでもしたら、とひやひやしたわ」

まっ、と清は笑う。

「どこのお家の子であろうと、赤子は赤子。ぷくぷくとしてかわいらしゅうございましたよ。それに、一橋様は我らのような者にもお気遣いをくださって、褒美《ほうび》まで……よいお方でしたよ」

ほう、と加門は治済の顔を思い浮かべる。

何度か見かけただけだが、いつも面持ちは穏やかだ。意次に対しても、威張《いば》るでもなく、気さくに接している。確かに、如才《じょさい》ないお方ではあるな……。

「それはよかった。そうであれば、お富殿も心安く暮らしていけるでしょう。お二人も安心ですな」

「うむ」正利の笑顔は変わらない。

「正直、安堵《あんど》した。お富ごときで務まるのかどうか、気が気でなかったが、あの御器量の大きさであれば、こちらに戻されることはなさそうだ」

「まあ、戻される、などと」清が口を尖《とが》らせる。

「お富はわたくしがきちんと躾《しつけ》をした娘です。御三卿家でも、ちゃんとやっていけますよ」

「なんだなんだ、そなたとて、生まれるまでは毎日、観音様《かんのんさま》に手を合わせていたではないか」

「ま、それは……男の子《おのこ》が生まれるように祈っていたのです。跡継ぎのための側室なのですから、姫では肩身が狭くなりましょう。豊千代様は、観音様がわたくしの祈りをお聞き届けになり、授《さず》けてくだすったに違いありません」

胸を張る妻に、正利は身を引く。

「なんと、そのように大それたことを思うていたのか、太い肝《きも》をしておる」

加門は小さく吹き出した。が、すぐに真顔になって、「あ、いや」と口を開いた。

「そういえば、田沼家にも似た話があると、父から聞いたことがある。初代の意行様《おきゆきさま》は跡継ぎに恵まれなかったため、七面大明神《しちめんだいみょうじん》に祈られたそうだ。すると、ほどなく懐妊され、生まれたのが願いどおり男子であった、と」

「まあ、それが田沼意次様ですか」

目を丸くする清に、加門は頷く。

「うむ、それでお父上の意行様は感激して、家紋《かもん》を七面大明神にちなんで七曜紋《しちようもん》に変えたということだ」

「ああ、そういえばわたしも昔、聞いたな」

正利が頷くと、清はその膝をぽんと叩いた。

「ほうら、やはり願えばかなうものなのです。わたくし、この先も男の子が生まれるよう、祈り続けます」

鼻を膨《ふく》らませる清に、加門は微笑んだ。

一橋家の立派な門が思い出される。そうなれば、御三卿のうちで一番、威勢を持つかもしれないな。田安家《たやすけ》も清水家《しみずけ》も、未だ跡継ぎはないままだ……。

正利は肩をすくめた。

「まあ、お富も御子も無事であればよい。健やかでさえあれば、何人産んでもよいし姫でもよいわ」

加門は「そうだな」と、頷いた。

二

江戸城本丸横の坂上に、加門は立っていた。

汐見坂《しおみざか》と呼ばれるこの坂からは、その名のとおり、海を見ることができる。北風に白波を立てる海から、加門は町へと目を移す。大火で焼けた町は再建されているものの、未だ空き地になっている場所もある。火事で数万人が命を落とし、疫病でさらに多くが奪われたせいで、人手が足りていないのだ。

加門は、目を手前へと移した。

大火はこの城の麓《ふもと》にも及び、大名《だいみょう》小路《こうじ》と呼ばれる一帯も炎に呑まれた。さらに神《かん》田橋御門《だばしごもん》の内にある田沼意次の役宅も焼け落ちた。が、老中の屋敷とあって、すぐに再建がされた。

前よりも大きくなったな……。加門は新しくなった屋根を見つめる。

その屋敷のすぐ隣に、徳川治済の屋敷がある。一橋家と呼ばれるのは、一橋御門《ひとつばしごもん》の内にあるためだ。

加門はゆっくりと坂を下りはじめた。

坂の下には二の丸御殿がある。加門は横を通りながら、御殿を仰《あお》いだ。

かつては、九代将軍家重が、隠居して大御所《おおごしょ》となったあとに暮らしていた場所だ。

家重亡きあと、主はいない。

二の丸から大手三の御門《おおてさんのごもん》を抜けて、加門は三の丸の曲輪《くるわ》を歩く。昔、奥に三の丸御殿があったものの、明暦《めいれき》の大火で焼けて以降、再建されていない。

濠《ほり》に囲まれたその曲輪を、内桜田御門《うちさくらだごもん》に向けて進む。多くの役人が、登城と下城に行き来する道筋だ。

すでに下城の刻限は過ぎており、御門に向かう人はさほど多くはない。背後からやって来る人々の気配に、加門は小さく振り返った。奥のほうからやって来た二人が、横を通り過ぎて行く。

「肩が凝《こ》ったな、どうだ、湯屋《ゆうや》に寄って行かないか」

「おう、よいな、わたしもずっと算盤《そろばん》を弾いていたせいで、肩が張って痛い」

交わす言葉に、加門はそうか、と思う。下勘定所《しもかんじょうしょ》の役人だな……。

勘定所は役人の数が多いため、二つに分かれている。本丸にあるのは御殿勘定所《ごてんかんじょうしょ》と呼ばれており、三の丸にあるのが下勘定所だ。仕事が多いせいか、ほかの役所よりも遅く下城する役人をよく見かける。

加門はゆっくりと歩きながら、彼らのようすを見た。

城中の動向に目と耳を働かせるのも、御庭番の役目だ。大火や疫病の直後には、仕事が増えたせいで疲れた面持ちの者が多かったが、それもどうやら落ち着いてきたらしい。

加門の横を一人の若い役人がすり抜ける。と、そのすぐあとに二人の役人が続いた。

おや、と加門は目を止めた。

あとを歩く二人はなにやら言葉を交わしながら、前を行く男を見ている。その顔に、歪《ゆが》んだ笑いが浮かんでいるのが気になった。

二人の足が速まった。

ずかずかと前の男との間合いを詰めていく。と、二人が別れた。左と右に離れて、前をゆく男の横に進む。

右の男が前の男にぶつかった。前の男は、

「わっ」

と、声を上げ、身体が傾《かたむ》く。

そこに、左の男がぶつかっていく。

傾いた男は支えきれずに、地面に転がった。

「おおっと」ぶつかった右の男が振り返る。

「これは失敬」

左の男も進みながら、顔を向ける。

「呆《ほう》けて歩くと邪魔《じゃま》になりますぞ」

二人は笑いを浮かべたまま、御門へと歩いて行く。

転んだ男は、手をついて立ち上がろうとしていた。

「大事ないか」

加門が駆け寄ると、男は恥ずかしそうに顔を赤くした。

「や、平気です」

そう言って、落とした風呂敷包みを拾って、慌てて立つ。が、顔をしかめ、「つっ」と身体を傾けた。手が足首に伸びる。

「捻《ひね》ったか」

加門はしゃがんで男の袴《はかま》を持ち上げた。

「やっ」と男も狼狽《うろた》えて腰を下ろした。

「大事ありません、どうか……」

手を伸ばして、加門を制する。その目は加門の身なりを捉えていた。ひと目で旗本とわかったのだろう。

加門も相手を見る。質素な着物は御家人《ごけにん》に違いない。

「どうか、おかまいなく」

男は立ち上がろうとする。が、再び、「うっ」と声を上げ、顔を歪めた。

加門はかまわずに足首に触れる。

「やはり捻ったな、腫《は》れてきている」

そう言うと、懐《ふところ》から手拭《てぬぐ》いを出し、引き裂いた。それを足首にきつめに巻いていく。

「捻挫《ねんざ》だ、甘く見ないほうがいい」

そう言う加門に、男は慌ててしゃがみ、顔の高さを合わせた。

「これは、かたじけのうございます。医官でいらっしゃるのですか」

む、と加門は口を閉じた。御庭番だと言えば、さらに恐縮するのは目に見えている。恐縮どころか、御庭番に怖《おそ》れを抱く者もいるのだ。

「まあ、そのようなものだ……」

「お名をお聞かせいただいてもよいでしょうか、わたしは勘定所役人、田部井新造《たべいしんぞう》と申します」

「田部井殿か、いや、これしきのこと、気にせずともよい」

「いえ、そうは参りません。手当てまでしていただき……」

「なんの、藪《やぶ》の手当てだ、大したものではない」

「藪様、とおっしゃるのですか」

田部井の言葉に、えっと加門は顔を上げたが、まあよいか、と小さく笑んだ。

「さ、立てるか」

腕を引いて、田部井を立たせる。

「あ……はい、先ほどよりも楽です」

足を引きずりながらも歩き出す。加門も隣に寄り添いながら、

「ゆっくりとだ……人目は気にせずに、引きずったほうがよい」

歩みに合わせる。

「送って行こう、屋敷はどこだ」

「いえ、そんな……」

「かまわぬ、どこだ」

「内神田《うちかんだ》、です」

「そうか、近いな、では、呉服橋御門《ごふくばしごもん》から出よう」

「あ、いつもは数寄屋橋御門《すきやばしごもん》を出入りしています」

呉服橋御門のほうが格が高いためだ。

「なに、気にすることはない、けがをしているのだ」

加門は腕を取って、歩いて行く。

御門を抜け、濠を渡ると、二人は町を歩き出した。

加門はそっと横目で見て、声をかける。

「ぶつかった二人、わざとやっているように見えたが」

はあ、と田部井はまた顔を赤くした。

「よくあるのです……わたしは新参者なので……」

「ほう、新参となれば、筆算吟味《ひっざんぎんみ》を受けられたということか」

勘定所では登用試験が行われる。読み書きの筆力と算術の算盤《そろばん》の腕が吟味されるのだ。その才が認められた者は、勘定所の役人として採用される。

「はい」田部井は顔を上げた。

「父の代から小普請組《こぶしんぐみ》だったのですが、筆算吟味に通るように、懸命に修練しました。で、三年前に勘定所のお役をいただいたのです」

「ほう、大したものだ」

「いえ、下勘定所の帳面方です。これから、さらに励むつもりですが」

「ふむ、勘定所は世襲の者もいるが、才を認められて登用される者も多い。努力次第で出世することができる役所だ」

「はい、一昨年、勘定奉行から大目付《おおめつけ》になられた小野一吉《おのくによし》様も、御家人の出だと聞いています。あ、いえ、わたしはそこまで大それたことは望んでおりませんが、ずっと以前にそれを聞いて、奮起したのです。特に、血筋や家格にこだわらないという田沼様が御老中になられたので、この機を逃してはなるか、と……」

「ふむ、なるほど。小野様も田沼様が重用されたという話だ、確かに、今が頑張《がんば》りどころだな」

「はい」田部井が笑顔になる。が、その顔がすぐに曇《くも》った。

「ですが……」

加門が横目で見るが、田部井の口は閉ざされ、固く結ばれた。

道の先に、質素な御家人屋敷が並ぶ一画が見えてきた。

「ここです、真《まこと》にかたじけのうございました」

家の前で深々と頭を下げる田部井に、加門は足首を指さした。

「それは巻いたままにしておくのだぞ。それと、冷やすのがよい。濡らした手拭いを油紙の上から当てるのだ。できるだけ動かさないようにもしてな」

「はっ」

再び礼をする田部井に、加門は手で入れ、と合図する。

は、と頭を下げて、田部井が屋敷に入って行く。出迎えの者はいないらしい。

一人暮らしか……。加門はそうつぶやきながら、前に向き直った。

三

木枯らしを顔に受けながら、加門は田沼邸へと向かっていた。

平賀源内《ひらがげんない》が来るからそなたも来い、という書き付けを昼間、受け取っていたからだ。

源内殿に会うのは久しぶりだな……。加門はその姿やよく通る声を思い出していた。

長崎に行きたいという源内の願いに、意次が特別に阿蘭陀語《オランダご》の通詞《つうじ》（通訳）という役目を作って応えたのは明和七年のことだ。十月に長崎に発ち、江戸に戻って来たのは、明和九年から安永元年に変わった年末だった。

帰路では大坂《おおさか》にも滞在し、鉱山の開発指導や、毛織物の試作などにも携わって成果を上げていた。江戸に戻ってからは、秩父《ちちぶ》の鉱山に赴《おもむ》き、さらに秋田藩《あきたはん》に招かれ旅立っていた。秋田では以前より鉱山の開発をしており、源内の評判を聞いた藩が招いたのだ。その役目が終わり、江戸に戻って来た、という話だった。

「おう、源内殿、久しいな」

すでに来ていた源内に、加門は笑顔を向けた。

「やや、宮地様、お変わりなくお元気そうで」

源内も愛想がいい。

意次も加門に手招きをしながら、目元を弛めた。

「今、秋田での話を聞いていたのだ。絵を教えてきたそうだ」

ほう、と加門は源内と並んで座る。

「源内殿が習得した西洋画法か」

「ええ」源内が頷いた。

「腕のよい絵師がおりましたので、教えて参りました。陰影の付け方、奥行きの取り方など、絵師ははじめは驚いておりましたが、すぐに身につけましたよ。いや、これで秋田にも蘭画《らんが》の道筋が生まれるに違いありません」

「ほほう、長崎での学びは秋田にまで及んだわけだな」

加門の言葉に、源内はかしこまって意次を見た。

「はい、真《まこと》、ご高恩は忘れません」

「なにを言う」意次は笑う。

「恩などというほどのものではない。才ある者を生かすのも我らの役目だ」

「いえ」と源内は頭を下げる。

「大坂や秋田で鉱山開発をしたのも、ご高恩に報いるためです。それにそもそも、田沼様のこの国を豊かにしたいというお考え、わたしは心底より尊敬しているのです。わたしも是非《ぜひ》、できることにて力を尽くしたいと思うております」

ははあ、と手をつく。その大仰《おおぎょう》な礼に、意次は「ははは」と笑いを放った。

「うむうむ、源内殿は頼りにしておる。その類《たぐ》い希《まれ》な才は、我が国を豊かにしてくれるだろう。いや、財の話ではない。医学や博物、芸術なども大事なことだ。源内殿はなんでも思いつくことをすればよい」

「はは、ありがたきお言葉」

源内はまた礼をする。

「しばらくは江戸においでか」

加門はその顔を覗き込んだ。

「ああ、いえ、また秩父に行きます」

源内は首を振ってから、小さく息を吐いた。

「わたしが留守をしていたあいだに、大火で蔵書も作った物もなにもかも焼けてしまいましたし、菊之丞《きくのじょう》もいなくなってしまった……江戸にいても張り合いがない、といいましょうか」

源内とは惚《ほ》れあった仲であった歌舞伎《かぶき》役者の瀬川《せがわ》菊之丞は、春に流行った風で亡くなっていた。

「あ、いや」源内がかしこまる。

「宮地様のお母上も、あの風で儚《はかな》くなられたのでしたな」

うむ、と加門は頷く。

母の光代《みつよ》は菊之丞と同じ三月に、疫病に倒れ、この世を去っていた。

「あの風は真《まこと》に質《たち》が悪かった。年寄りにとってはまさに命取り、町家でも武家でも多くが亡くなったからな」

「そうでしたね」源内が溜息を吐く。

「長崎で聞いたのですが、阿蘭陀などでも、ああした疫病には太刀打《たちう》ちできないそうです。いつか、それを制する術《すべ》を見つけようと、玄白《げんぱく》殿らとも常に話をしているのですが」

「杉田《すぎた》玄白か」意次が身を乗り出す。

「腑分《ふわ》けをしたという話を聞いた。阿蘭陀語の医学書の翻訳もしているそうだな。わたしは会ったことがないのだが、どういうお人なのだ」

「いや、大した医者です。妻《めと》も娶らず、持てるすべてを医学に注いでおりまして……」

源内が早口で話し出す。が、それを意次が遮《さえぎ》る。

「いや、今、膳が来る。箸《はし》を取りながら、ゆっくりと聞こう」

廊下から、よい匂いが漂ってきていた。


朝の冷たさに息を白くしながら、加門は襖《ふすま》を開けた。

「あら、おはようございます」

仏壇《ぶつだん》の前に立つ千秋が振り向いた。炊《た》き上がったばかりのご飯や水を、位牌《いはい》の前に供えているところだった。

「これも供えてくれ」加門は手にした菓子を差し出す。

「昨日、意次からもらったのだ」

「まあ、焼き菓子、母上はお好きでしたね」

そっと供えて、千秋は目を閉じて手を合わせる。加門も手を合わせると、戒名《かいみょう》の書かれた位牌を見つめた。

疫病に倒れ、寝込んでいた姿を思い出す。

〈もういいのです〉と母は言った。〈長く生きたのですから、充分〉

病のせいで息が乱れ、声も切れ切れになっていた。

〈長く、生きたすえ、であれば、死ぬのも、苦しくない、と聞きました。そう、なのでしょう〉

〈はい、わたしもそう教わりました。見聞きしたのも同じです〉

枕元で加門が頷くと、母は笑みを浮かべた。

〈なれば、よい。ありがたい、こと〉その目が天井を見つめた。

〈昔は、長生き、など、なにがめでたい、のかと、思うたものです。なれど、苦しまずに、あの世に行ける、のであれば、めでたい、こと〉

光代は微笑んだ。

加門は黙って頷いた。

その夜のうちに、母の呼吸は浅くなり、気を失った。そのまま眠り続け、二日後、穏やかな面持ちのまま、旅立って行った。

「母上は」千秋が目を開いた。

「今頃は父上とご一緒なのでしょうね。父上が駄じゃれをおっしゃって、母上がたしなめてらっしゃる……」

千秋はくすくすと笑う。

「ああ、そうだな」

加門も生前を思い出し、笑みが浮かんだ。

「おはようございます」

うしろから声が近寄ってきた。

長女の鈴《すず》と妹の千江《ちえ》が、花を手にやって来る。

「菊の花が残っていたので、摘んできました」

鈴が黄色い小菊を差し出すと、千江も白い菊を掲げた。

「お婆様《ばばさま》が育てた菊は冬になっても花を残す、と皆様から褒《ほ》めていただきました」

「そうか。母上の花はこの御用屋敷のほとんどの庭に行き渡っているからな」

加門は笑顔で菊を受け取る。千秋はさらにそれを受け、花瓶《かびん》に生けた。

廊下から足音がやって来る。

「や、みんな、ここにいたのですか」

長男の草太郎《そうたろう》が入って来る。

仏壇に手を合わせていると、その静けさを腹の虫が破った。

あ、と腹を押さえる草太郎に、妹らが笑い出す。

「まあまあ」千秋が笑顔で歩き出す。

「では、朝餉《あさげ》にしましょう、今日は鯵《あじ》の干物がありますよ」

「鰺ですって」

妹二人が、母二人を追い越して行く。

腹をさすりながら続く草太郎に、加門が並んだ。

「今日は医学所に行くのか」

大火で焼失した医学所も、再建され、稼働している。

「はい、下城してから寄ろうと思っています」

「そうか、では、わたしも寄る。分けてほしい物があるのだ」

二人は言葉を交わしながら、朝餉の匂い立つ部屋へと向かった。

四

風呂敷包みを持って、加門は医学所のある大伝《おおでん》馬町《まちよう》から内神田へと向かった。

先日、田部井を送り届けた屋敷に着くと、

「ごめん」

と、声を張り上げた。

すぐに戸が開き、顔を見せた田部井は、

「これは、藪様」

と、驚きを見せた。藪という名だと勘違いしている田部井に、訂正をしないまま、風呂敷包みを掲げて見せた。

「入ってもよろしいか、持参した物があるので」

「はい、どうぞ、中へ」

招き入れられた部屋では、火鉢《ひばち》がほんのりと熱を放っていた。

「まだ、火がそれほど……今し方戻ったばかりなので」

そう言って火鉢を動かす田部井の手首に、加門は目を留めた。裂いた手拭いが巻かれている。

「その手首はどうされた」

「あ、これは……」慌てて袖《そで》の中に引き入れながら、田部井は顔を歪める。

「その、足を引きずっていたために、転んでしまいまして、手をついてしまったのです。あ、ですが、捻ったようなので藪様に教わったとおり、きつめに縛って動かさないようにしています」

「ふむ、見せてごらんなさい」

加門は手を伸ばすと、田部井の腕をつかんで引き寄せた。

手拭いをほどくと、腫れた手首が現れた。

「足首よりはましだな。だが、この巻き方ではだめだ」

加門は風呂敷包みを解くと、中から晒《さらし》を取り出した。

「足も手首も巻き直そう、晒は堅く厚みがあるから、手当てにはこちらのほうがいいのだ」

え、と田部井は目を丸くする。

「わざわざお持ちくださったのですか」

「うむ、家人がおられぬようなのでな、気になったのだ」

加門は晒をほどきながら、ちらりと見る。

はあ、と田部井はうなだれた。

「父は数年前に他界し、妹は嫁に行きましたので。母と二人暮らしをしていたのですが、この春の風で、母が亡くなってしまったのです」

「そうだったか、いや、わたしの母も同じだ。あっけなく逝《い》ってしまった」

加門の言葉に、田部井が顔を上げる。

「そうなのですか……」

強ばっていた面持ちが少しずつ弛み、ほうと息を吐いた。

「いや、それを聞いて、心持ちが楽になりました」

ん、と首をかしげる加門に、田部井はかしこまった。

「実は、悔《く》いることばかりで……もっと早くに医者を呼べばよかったとか、もっとよい薬を買えばよかったとか、そもそももっと早くに気づけばよかったのだと、思い返しては、己《おのれ》を責めていたのですが……」

「ああ、残った者は皆、そうした悔いを持つものだ」

「はい……されど、今、藪様も母上を亡くされたと聞いて、医者でも助けることができなかったのであれば、わたしなどしかたない、と思えたのです」

医者、をあえて否定せずに、加門は首を振った。

「ああいう流行病《はやりやまい》は、人が手を尽くしてもどうにもならないものだ。十九万人もが命を落としたのだ。残された家族は、皆、悔いていることであろう」

「そうです、か」

田部井の面持ちが明るくなる。

うむ、と加門は手首に晒を巻きはじめた。

「では、足も出しなさい」

「あ、足は……自分でやります」

「遠慮はいらない、巻くのはわたしのほうが上手《じょうず》だ」

「あ、しかし、お旗本にそのようなことを……」

「いいから出せ」

加門は笑いながら、足を引っ張る。

「あのう」田部井は足をまかせながら、顔を斜めにした。

「なにゆえに、かようなご親切を……」

ん、と加門は上目で見る。

「田部井殿は歳はいくつだ」

「はあ、二十六です」

「ふむ、わたしの息子より一つ上だな。まあ、それゆえに心配になったのだ。二十の半ばでは、世のこともよくはわからない、いや、己のこともよくわからない年頃だからな」

はあ、と田部井は肩をすくめる。

「で」と加門は顔を上げた。

「この手首、また役所のお人らにやられたのではないのか」

じっと見つめる加門の目から、田部井は慌てて顔を逸《そ》らせる。

やはりか、と加門は腹の底でつぶやく。脳裏《のうり》には、大岡越前守忠相《おおおかえちぜんのかみただすけ》の顔が浮かんでいた。町奉行を務め、その後も出世を続けて寺社奉行《じしゃぶぎょう》となった大岡は、同じ寺社奉行の者らから詰所に入れてもらえない、という嫌がらせを受けていた。出世を妬《ねた》んでのことだと、誰の目にも明らかだった。やがて大岡を重用《ちょうよう》した将軍吉宗の知るところとなり、大岡のための部屋が用意されたが、嫌がらせをした者らが反省したようすは窺《うかが》えないままだった。馬鹿馬鹿しいことを……と、思い出しながら、加門は胸中で舌を打つ。

横顔を向けたまま田部井はしばし黙り込み、やがてゆっくりと口を開いた。

「はい、実は、よろけたところにまたぶつかられまして……」

「そうか」加門は息を吐く。

「新参者だからといって、無体《むたい》なことをする」

口には出さないが、ここに来た理由の一つにはそれを確かめることもあった。馬鹿馬鹿しいいじめが役所で行われているのだとしたら、やめさせなければいけない。忙しい役人の労力を、そのようなことで無駄にすべきではない、と考えたためだ。

「ですが」横を向いたまま言う。

「新参というだけではないのです」

「む、ほかにもなにかあるのか」

加門の問いに、はい、と田部井は向き直ってきた。

「その、これは藪様ゆえお話しするのですが……」

「ふむ、他言はしない、安心しなさい」

「はい、実は、上役の組頭《くみがしら》様によけいなことを言ってしまったのです」

「よけいなこと、とは」

「その……わたしはさまざまな役所から上がってきた帳面の検算をしているのですが、そのなかに気にかかる帳面があったのです。どうも、計算が合わないというか、いえ、数字は合っているのですが、どうも、仕入れの値が高すぎる気がして……」

「どういうことだ」

はあ、と田部井は思い切ったように、背筋を伸ばした。

「西の丸の賄方《まかないかた》の帳面なのですが、魚屋からの買い入れが高すぎると感じたのです。一昨年の大風雨の折に上がったのですが、その折には野菜も魚も実際に値が上がったので、納得しておりました」

賄方は若年寄《わかどしより》支配の賄頭の配下で、将軍や世子《せいし》、そして大奥《おおおく》などの食料を手配するのが仕事だ。

「ふむ、八月九月と続いて、大変な被害が出たからな」

「はい、ですが、その後もずっと、その買い入れの値が続き、今もそうなのです」

「ふうむ、いかほど上がったのだ」

「月に三両です」

「三両……」

加門は上目になる。西の丸には将軍の世子である家基《いえもと》が暮らしている。本丸と同じように表の役所があり、大奥もあって奥女中らもいる。

「賄方には吟味役もいるが……」

御膳に出される食材を調べる役だ。

「いや、しかし、いちいち仕入れ値と照らし合わせることはせぬだろうな。ましてや、月に三両ならば、日ごとの値としては小さすぎる」

田部井は身を乗り出した。

「たかが三両と思われるでしょうが、一年ですと三十六両になります。続く災難で財政が逼迫《ひっぱく》している折、無駄はできるだけ省くのも勘定所の仕事。見過ごしにすべきではない、と思うたのです」

「ふむ、なるほど、それは道理……では、上役の組頭様に言うたというのは、そのことか」

「はい」こっくりと頷く。

「ですが、証《あかし》もないのになにを言い出す、と叱責《しっせき》されました」

「ふむ、そちらも道理だな」

はあ、と田部井はうなだれる。

「そして、わたしが組頭様に訴えたことが皆に知られ、疎《うと》まれたのです。分《ぶん》を弁《わきま》えず生意気だの、出世を狙ってのことだのと言われ……」

加門は頷きながら、伏せたままの田部井の顔を見た。

「で、ますます嫌がらせをされることになったわけだな」

はい、と田部井は顔を上げた。

「ですが、わたしは引きません。ここでおとなしくすれば、この先ずっと疎まれ軽んじられるはず、それに、あの数字はおかしいのです、わたしはそれを証立ててみせます」

「ほう、どうするのだ」

「それは……」と田部井は顔を傾ける。

「まずは、魚屋がどのような店か調べてみます」

「それから……そうですね、帳面を付けているのは賄頭なので、そちらも調べねばならないかと」

「ふむ、それから」

「だが、そのようなことまでは帳面方の役目ではあるまい」

「はあ、ですが、証がなければ話も聞いてもらえませんし……」

「そうさな、今はただ、田部井殿の勘でしかないな。だが、確かに、怪しいかもしれん、魚屋というのは臭うな。呉服や小間物《こまもの》であれば残るから、なにかあれば調べようもあるが食材は残らない、となればいくらでもごまかしようがある」

「はい、わたしもそう思うたのです。やり口が巧みといいましょうか……それにゆえに、己の勘に自信を持ったのです」

うむ、と加門は頷きつつ、考えを巡らせる。御庭番は役人らの動向を探るのも仕事のうちだが、さすがに一人の男の勘だけで動くわけにはいかない。本当に不正が明らかになれば、助けることもできよう……。

「まあだが、気をつけることだ。手首を痛めれば、筆を持つにも算盤をはじくにも支《し》障《しょう》が出よう」

田部井が肩をすくめる。

「筆は平気ですが、算盤が多少不自由です」

「そうだろう、もっと気を張って、うしろにも目を持つことだ」

「うしろに目、ですか」

「そうだ、剣術の修練はしたか」

「いえ、そちらはほんの形だけで……」

「そうか、剣の修業をすれば、気を感じるようになるのだがな。殺気や隙を感じたりできる。が、してこなかったのであれば、しかたがない。常に目を配り、前のみならず、四方を窺うようにすることだ」

「はい」

田部井は背筋を伸ばす。

加門は晒を差し出すと、

「湯に入ったら巻き直すのだぞ」

そう言って立ち上がった。

「かたじけのうございました」

そう言って立とうとする田部井を、手で制す。

「無駄に動かすな、大事にな」

笑みを振り向けて、歩き出した。

五

師走《しわす》も半ば。

登城した加門は、御庭番の詰所に入るなり、同僚に腕を引かれた。

「聞いたか、田沼能登守様が倒れられたそうだぞ」

「意誠殿が……」

つぶやくと加門は踵を返し、廊下へと飛び出した。

意次の部屋へと足が向いていた。

お、と廊下に出ていた意次が、加門に気づく。

「聞いたぞ」

小声で近づくと、意次は眉間《みけん》に皺《しわ》を寄せて頷いた。

「昨夜、屋敷で倒れたということで、知らせが来たのだ。駆けつけたときには、すでに気を失っていた。医者も駆けつけていたが、中風《ちゅうふう》(脳卒中《のうそっちゅう》)だという診断であった」

「中風……」

「そなたの父上もそうであったな。目は覚まさないままであったか」

「うむ、倒れてそのままであった。だが、吉宗公は最初の中風では目を覚まされたし、麻痺《まひ》は残ったもののそれからも回復された。望みはある」

「そうだな、わたしも家の者らに吉宗公の話はしたのだ。が、こうなればあとは祈るしかない」

意次はそう言うと、天井を見上げた。

「あやつは心労が多かったはずだ。それを思うと、隠居を勧めておればよかったと悔やまれる」

加門は言葉を探すが、浮かんでこない。これ以上の気休めは、かえって空々《そらぞら》しくなる。眉間が狭くなった加門に、意次は己の皺を弛めた。

「心配かけるな、どちらにしても知らせる」

そう言って身を翻《ひるがえ》すと、廊下の向こうで待つ役人のほうへと歩き出した。

加門も背を向け、廊下を抜けると外へと出た。

汐見坂の上に立って、意誠が長年仕えた一橋家の屋敷を眺める。

田沼家の兄弟は、徳川家の兄弟に仕えたことになる。

長男の意次は、吉宗の長男家重の小姓となった。

その家重には二人の弟がいた。次男の宗武《むねたけ》と末の男子である宗尹だ。

意次の弟である意誠は、その宗尹の小姓となった。

加門はその頃を思い出して、息を吐く。はじめはよかったのだがな……。

長男が家督を継ぐ、というのは初代の家康《いえやす》が決めたことだった。が、それが吉宗の代で揺るがされたのだ。

家重には麻痺《まひ》があり、口元が強《こわ》ばっているために、発語が不明瞭《ふめいりよう》だった。聡明であったにもかかわらず、言葉をはっきり発せないために、周囲から暗愚《あんぐ》と誤解されていた。対して、次男の宗武は幼い頃から利発さを発揮し、英明《えいめい》と評判が高かった。

幕臣のなかには、家重よりも宗武のほうが将軍にふさわしいと言い出す者もおり、宗武自身もそう考えるようになっていた。自ら〈家重を廃嫡《はいちやく》すべし〉と公言するようにさえなったのだ。そして、弟の宗尹もそれに乗り、宗武を推《お》した。

家重とのあいだに深い溝《みぞ》が生じ、年々、深まっていた。宗武が、自ら将軍になるという野心を捨てなかったためだ。父吉宗も、その考えに傾きそうになったことが、力になったのだろう。

しかし、考え抜いた吉宗は、結論を出した。

将軍を継ぐのは長男の家重である、と宣言したのである。それが徳川の始祖である家康公の遺訓《いくん》でもあったためだ。

それにもかかわらず、宗武は退《ひ》こうとしなかった。父に〈兄は将軍の器《うつわ》にあらず〉と直訴《じきそ》し、さすがに立腹した吉宗は謹慎《きんしん》を申し渡したほどだった。

家重も怒りを顕《あら》わにし、その後、目通りを許すことはなかった。宗武に同調していた宗尹も、同じく家重に拒絶され、遠ざけられた。

家臣らには温和で、叱責することもなかった家重だったが、弟二人への憎しみは消えず、結局、最後まで目通りを許さないままだった。

加門はそれらの過ぎし日々を思い起こし、眉を寄せた。

意次は家重に重用され、屋敷に戻ることがないくらいに城に泊まり込み、側に侍《はべ》っていた。家重の意を解し、皆に言葉を伝えることができる数少ない忠臣だったためだ。

一方、宗尹に仕えた意誠も、やはり忠臣だった。勤勉で忠義を尽くす意誠は、宗尹の側近として、重用された。

やがて、御三卿が起こされ、宗尹が一橋家の当主になると、意誠は家老に取り立てられるほどだった。

しかし、と加門は思う。

家重と宗尹は犬猿の仲だった。それに比べ、意次と意誠は仲がよい。意誠は板挟みのような立場であったと言ってもよい。並々ならぬ気遣いが要《い》ったであろうな……。

さらに、意次は家治にも重用され、出世を重ねていった。

御政道にも携わる意次につなぎを持ちたいと多くの人が望み、その口利きを頼むために、意誠に人々が接近した。頼まれた意誠が意次に話を取り次ぐのを、加門も見てきていた。

〈心労が多かったことだろう〉という意次の言葉を、加門自身もつぶやく。

たしか、五十三歳だったな……。

だが、幕臣には、六十を過ぎても七十を超えても役に就《つ》いている者もいる。

加門は小さく首を振って、歩き出した。

助かってくれ……。木枯らしを顔に受けながら、加門は空を見上げた。

十二月十九日。

加門は夜道に提灯《ちょうちん》を下げて、田沼家の屋敷へと向かっていた。

その昼過ぎに意誠が息を引き取った、と聞いていた。今日は通夜だ。

屋敷は田沼家の下屋敷であったのを、意誠が当主となって移り住んだものだった。

見えてきた屋敷の門には、田沼家の七曜紋が記された提灯が掲げられていた。加門は出て来る武士に、歩みを緩《ゆる》めた。まだ人がいたか……。

御庭番は仲間十七家とのとつきあいは深いが、それ以外の家との関わりをできるだけ控えるように申し送られている。将軍や重臣から命《めい》を受けて探索をする御庭番は、多くの秘密を知っているため、それを外に漏らさないための方策だ。

しかし、と、加門は屋敷を出て来た。幼い頃から親しくしてきた意誠の最期は、見送りたい、と腹を決めていた。葬儀には多くの幕臣の訪れが見込まれるため、それを避けての弔問《ちようもん》だった。

一橋家の家老といっても、その家臣というわけではない。御三卿は徳川家の分家のようなもので、仕える者は幕臣のまま、それぞれの家に出向する仕組みだ。

また一人、門から弔問客が現れ、加門は入れ違いに中へと入った。

奥から読経《どきよう》の低い声が聞こえてくる。

加門は並んだ田沼家の人々に深く礼をした。

喪主《もしゆ》は長男の意致《おきむね》だ。が、意次の姿もある。

まだ残っている人々の邪魔にならぬように隅に行き、加門は手を合わせて読経に聞き入った。

やがて読経がやみ、人々の衣《きぬ》ずれが鳴った。

皆、つぎつぎに意次に近寄って行く。この機に近づきになりたい、と焦《あせ》るようすが見て取れ、加門は苦笑をかみ殺すと廊下へと出た。

玄関に向かって歩きはじめると、うしろから足音が追って来た。

「宮地のおじさま」

意致だった。

加門は止まって向き合うと、改めて頭を下げた。

「このたびは、思いもかけないことであったな」

「はい、突然のことで……先月から、頭痛がすると言っていたのですが……早くに医者を呼ぶべきでした」

意致の顔が歪む。

「いや」加門は顔を振った。

「中風とはいうのは突然、襲うものなのだ。命に関わることは定めであり寿命だ、人に防げるものではない」

「そう、ですか」

意致の面持ちが少し、弛んだ。

加門は赤子の頃から知っているその顔に頷く。

意致は意次のことを伯父上《おじうえ》と呼び、よく一緒に顔を合わせていた加門を〈宮地のおじさま〉と呼んできた。すでに三十を過ぎた意致だが、今も変わらない。

「それを聞いて、少し、心が安まりました。父が倒れたとき、おじさまを呼ぼうかとも思ったのですが……」

「いや、わたしなど役に立たん。それに中風は、たとえ名医でも治す手立てはないのだ。わたしの父もあっけなかった」

「そうでしたか」

「ああ、それにどのような最期であれ、残った者は悔いを持つものだ。少しのあいだ、それを味わって、四十九日が来たら、魂《たましい》とともに空へ送ってやればいい。それが供《く》養《よう》にもなろう」

はい、と意致は頷く。

「おじさまと話せて気が休まりました……弔問客は皆……」

言葉を呑み込んで苦笑する。

加門はその肩に手を置いた。

「家督を継ぐことになって忙しくなろう。気を張っているうちはいいが、疲れはあとで湧き上がる。しっかりと食って寝る、それを家中《かちゅう》の皆で大事にな」

「はい、ありがとうございます」

頭を下げ、上げた意致の顔が微笑んだ。

加門も小さな笑みを返し、歩き出した。

第二章　格式狙い

一

翌、安永三年（一七七四）。

正月も半ばを過ぎて、もろもろの行事も終わり、城はいつもの落ち着きを取り戻していた。

下城のため城を出た加門は、坂を下りながら西の丸御殿の屋根を見た。

田沼意致は父意誠のあとを継ぎ、それと同時に、西の丸の目付《めつけ》に任命された。以前より本丸に出仕《しゅっし》し、すでにいくつかの役を経てきていたため、その謹厳《きんげん》さと清廉《せいれん》さを見込まれてのことだった。目付は旗本と御家人の監察《かんさつ》をするのが役目であるため、真面目で実直な人柄が重視される。

意致殿にふさわしいな……。加門は独りごちながら、坂を下りた。

そのまま歩いていると、前から人影が飛び出した。

「藪様」

「おお、田部井殿か」

「はい、お待ちしていたのです」そう言いながら横に並ぶ。

「例の魚屋に行って来たのです。常陸屋《ひたちや》という店で、日本橋《にほんばし》の魚河岸《うおがし》近くにあるのですが、いや、大きな構えでした」

「ほう、御公儀の御用達《ごようたし》ならではだな」

「はい、奉公人も多く働いていて……正直、誰がなにをしているのか、見当がつきませんでした」

「そうか、まあ、お城の役人と折衝《せっしょう》するのは主《あるじ》だろうな、そしてその下の番頭がいろいろと差配をする、と」

「やはり、そうですよね、帳面をつけるのは番頭なのでしょうか」

「ふむ、そんなところだろう、が、裏があるのであれば、主がやっているかもしれん。主は見たのか」

「いえ、店先にいたのは若い者ばかりで、えらそうな者は見当たりませんでした」

「ふむ、それもそんなところだろう。大店《おおだな》の主は店の奥に構えているものだ」

「はあ、そうですよね……この先、どうしたらいいのでしょう」

八の字になった眉に、加門は笑いを誘われた。

「そうだな、何度か通ってまず主の顔を確かめることだ。そして、動きを探る。賄頭と密かに会うようなことがあれば、大当たりだ」

「なるほど」

田部井は手を打つ。と、その顔を西の丸の御殿に向けた。

「藪様、お聞きになりましたか、このたび、田沼意致様が西の丸の御目付様に就かれたそうです」

「ああ、知っている」

加門の頷きに、田部井は目を細める。

「田沼様は清廉なお方と聞いています。不正のことが明らかになれば、厳正な処分を下されるはずです」

「ふむ、そうさな。しかし、そなたがいきなり御目付様に言うわけにはいくまい。まずは上役の組頭に話し、そこから勘定所吟味役に伝えられ、吟味ののちに不正が明らかになれば、勘定奉行の知るところとなる。御目付様に話が伝わるのはそれからだ」

「はあ……」田部井の口がぽかりと開く。

「いえ、そう……そうですよね、役人には筋道というものがある……」

一人頷く田部井の肩に、加門は軽く手を乗せた。

「調べるといっても、大変なことだ、まあ、焦らずにやるがいい」

その手で背中を叩くと、田部井はぴんと背を伸ばした。

「はい、やりはじめたことゆえ、投げ出しはしません」

「うむ、その意気だ、励め」

加門はいま一度背中を叩き、笑顔を向けた。


数日後。

詰所にいた加門に、使いがやって来た。

「御老中田沼様がお呼びでございます」

「あいわかった」

答えると同時に立ち、加門は意次の部屋へと向かった。城中での呼び出しは久しぶりだ。

「おう、早いな」

手招きをする意次の向かいに座ると、加門はかしこまった。

意次は身を乗り出す。

「いや、実はな、頼みがあるのだ」

「は、なんなりと」

「堅苦しいのはやめてくれ」

意次は苦笑して手を振る。と、自ら膝行《しっこう》して間合いを詰めた。

「御側御用取次《おそばごようとりつぎ》の稲葉正明《いなばまさあき》殿は知っていよう」

加門は黙って頷く。

「その稲葉殿から、ちと面倒な話が上がって来たのだ。白河藩《しらかわはん》の松平《まつだいら》様が、田安家から養子をもらい受けたいと願ってきたそうだ。松平家の嫡男が幼くして亡くなり、残ったのは姫のみになったため、婿を迎えたい、と」

「田安家……ううむ、そうか、治察《はるあき》様があとを継がれたが、まだ定信《さだのぶ》様がいるな」

「そうなのだ。御三卿のなかで、跡継ぎ以外に残っている男子は定信様のみだ」

御三卿は田安家と一橋家、そして清水家の三家だ。

そもそも吉宗が自分の血筋を残すため、御三家を倣《なら》って創設したものであり、息子二人がそれぞれ田安家と一橋家の初代となった。もう一家は家治の弟である重好《しげよし》が当主となっている。しかし、重好は正室を得ているものの未だ子が一人もいない。

「白河藩松平様か……」加門は頭を巡らせる。

「あそこは久松《ひさまつ》家の血筋だったな……そうか、おなじ久松松平の伊予松山藩《いよまつやまはん》も、以前に田安家から養子をもらい受けたのだったな」

「うむ、松山藩は明和五年に嫡男が死亡したため、徳川家からの養子を願い出たのだ。で、定信様の兄定国《さだくに》様が入り、当主となっている」

「一橋家からはすでに三人が養子に出ているからな、残るは田安家ということか」

加門の言葉に意次が頷く。

「そういうことだな。徳川家の血筋を入れたいのだろう」

「なるほど」

合点した加門に、意次は眉を小さく寄せた。

「だが、御三卿からの養子だ。稲葉殿も田安家に話を通す前に我らに相談として持ち込んだわけだ」

「ふむ、御三卿のこととなれば、上様のお許しも必要であろうしな」

「うむ、なので老中で話し合ったのだが、問題はなかろうと意見は一致した。当主の松平越中守《えっちゅうのかみ》殿はこれまで不始末などもないし、藩内の揉《も》め事《ごと》なども聞いたことがない。だが、一応……」意次は声を落とした。

「屋敷のようすを見てきてもらえまいか」

「白河藩邸か」

「そうだ。ときおりあるであろう、家老などが野心を持ち、企《たくら》みごとや謀《はかりごと》をする、などということが。徳川の血筋を得て、権威を高めようという意志がないともいえん」

「なるほど、あり得る話だな。家老の暗躍がお家騒動を引き起こす、などというのは、よく聞く話だ」

「うむ、そこで、確かめておきたいのだ。家老の人柄を知れればよいが、屋敷の中まで入るのは無理であろう、藩士らのようすでよい。そら、子を見れば親がわかるというではないか」

「そうさな、領主や重臣が悪政を敷いていれば、藩士や民までが荒《すさ》む。それはこれまでも見て来たから、よくわかる」

「うむ、その実見《じつけん》がある加門だから頼むのだ。そなたなら門番と話すだけでも、内実を見抜くことができよう」

いや、と加門は笑い出す。

「それは買いかぶりだ、そんな鋭い目は持っておらん……まあ、だが……」

加門は笑みを収めた。

「藩士と話せば、ある程度は察せられる。やってみよう」

「うむ、頼んだぞ」

意次の手が加門の肩をつかんだ。

加門は深く頷いた。

二

御庭番組屋敷。

草太郎が着物を着付けながら父を見る。

「白河藩は久松松平家と言われてますよね、久松家というのはどのような家筋なのですか」

「家康公の母違いの兄弟の血筋だ。松平家に嫁いで家康公を産んだお大《だい》の方は、その後に離縁して、久松家に嫁いだのだ。で、そこで三人の男子を産んだ。家康公にとっては父親違いの弟となるわけだ。なので、のちに松平の名を与え、譜代大名《ふだいだいみょう》としたわけだ」

「お血筋ならば、親藩《しんぱん》なのではないですか」

「いや、親藩は男系の血筋だ。母君のお血筋なので、親藩とはならない。もっとも、松山の久松松平は、田安家から養子をもらったので、今では親藩の扱いとなっているがな」

「なるほど、では、白河の松平様もそれを狙ってのことなのでしょうか」

「うむ、それもあるだろうな。同じ血筋でありながら差が出てしまっては口惜しい思いをしても不思議ではない」

草太郎は着物を尻ばしょりしながら、父を見た。

「このようでよいでしょうか」

ふむ、と加門は裾を手で引っ張った。

「もう少し弛めたほうがよい、町人らしくなる」

はい、と草太郎は手で直す。それから股引《ももひき》をはき、手に手甲《てっこう》を付けた。さらに頭に笠《かさ》を被《かぶ》る。

「本当に旅姿ですね」

ああ、と加門はすでに身支度《みじたく》を終えた同じ姿で頷く。

「艾《もぐさ》売りは旅姿が決まりだ。艾は琵琶湖《びわこ》近くの伊吹山《いぶきやま》が産地だからな、そこから売りに来ているというふうを装《よそお》うわけだ。まあ、客はただの装いだとわかっているがな」

はあ、と草太郎は天秤棒《てんびんぼう》を肩に担ぐ。棒の先には箱が下げられているが、軽々と歩いて見せた。

「艾だけあって軽いですね」

「ああ、枯れ草と同じだからな。しかし、町人姿は初めてだろう、仕草《しぐさ》も言葉も気をつけるのだぞ」

父の眼差しを、草太郎が見返す。と、

「合点でい」口を開いた。

「安心しちくんな、おとっつぁん」

加門の目が丸くなる。

へへ、と草太郎は顎《あご》を上げた。

「こちとら、医学所でさんざん町人の手当てをしてきたんでい、無駄に口きいちゃいねえぜ」

加門は見張った目をしばたたかせる。と、笑いを放った。

「そうか、いや、安心した」息子の背を叩く。

「ああ、いや……そいじゃ、行くぞ、倅《せがれ》」

加門が笠を手に歩き出す。

「あいよ、八丁堀《はっちょうぼり》だったね、まかしちくんな」

天秤棒を担いで父に続いた。


八丁堀の一画で、長く続く塀を親子は見た。白河藩上屋敷だ。

さて、と加門は息子に目配せをして歩き出すと、大きく口を開いた。

「伊吹山の麓、柏原《かしわばら》の艾でござい」

艾売りのかけ声だ。もっと長い口上もあるが、長すぎると聞き取りにくい。加門は屋敷の塀沿いに伸びた長屋へ向けて、声を張り上げた。

やがて表門が見えてきた。

二人の門番がしかつめらしい顔で立っている。

その前を過ぎ、二人は角を曲がった。

曲がった塀の内側にもやはり長屋の屋根が伸びている。下級藩士が暮らす住居だ。

そのまま進むと、裏門があった。その先にも長屋は続いている。

端まで行くと長屋の屋根は途切れ、奥に屋敷の大きな屋根が見えた。

加門は息子に目顔を送り、踵を返す。

かけ声を繰り返しながら、ゆっくりと進む。と、裏門の戸が開いた。

出て来た男が、こちらを見ている。

足を速めると、男が手招きをした。

「へい、御用で」

加門が寄って行くと、男は草太郎の担いだ箱を見た。

「艾が、ほしいんだが」

江戸弁を話そうとしているが、訛《なま》りが混じっている。江戸勤番《きんばん》になって詰めている藩士なのだろう。

「へい、使いやすい切り艾ですよ、いかほどにしやしょう」

愛想のよい草太郎に男は面持ちを弛め、

「そったな、こんくれえ」

男が両手を合わせて出した。

「へい」

草太郎が下に置いた箱を開ける。中から紙の包みを取り出した。二つを差し出し、

「これでいいでやしょうか」

と、笑顔を見せる。

「んん、そっだな、もう一個もらっとこうか」

「へい、じゃ三つで」

艾と銭の受け渡しをしながら、男は加門をちらりと見た。

「艾を売ってるってことは、灸《きゅう》もできんのがね」

「へい、できますよ。ちゃんと習いましたんで」

「へえ、そったら、ちょいとやってもらってもいいがね」

加門と草太郎は「しめた」と横目を交わす。屋敷に入れるとは渡りに舟だ。

「へい、お安い御用で」

加門が愛想よく頷くと、男も笑顔になった。

「はあ、そんならこっちへ」

男は周りを窺いながら門の中へと手招きをする。

長屋の中に招き入れられ、加門と草太郎は、部屋へと上がり込んだ。

男は着物の上をはだけると、背中を見せた。腰の辺りに、いくつも灸をすえた痕《あと》がある。

「腰のあんべえがわりくてな、仲間にやってもらったんだけど、どうにも、すえる場所がわりい気がするんだ」

「なるほど、ちとずれてますね。では、腹這《はらば》いになってください」

加門の言葉に、男は布団の上に腹這いになった。

艾を指先で丸めると山形にして、加門は手で腧《つぼ》を探りながら背中と腰に置いていく。

草太郎は、

「火を借りますね」

と、火鉢の隅から付け木に火を移すと、加門に手渡した。

艾に火を付け終わると、加門は男の肩や腕に触れた。

「ふうむ、凝ってますね。こりゃ、あっちこっち痛いでしょう」

「ああ、そうなんだ」男は顔を横に向けて頷いた。

「おれは火の番をしてんだけど、台所や風呂の竈《かまど》でしゃがんでるのが長くて、腰がわりくなんだ」

「なるほど、それは難儀でしょう。今、灸をすえている場所を覚えていて、この先はそこに置いてもらうといいですよ」

加門は穏やかに言いながら、部屋の中を見まわした。よけいなものはないが、不自由はなさそうだ。

「いい火鉢ですねえ、こりゃあったかそうだ」

草太郎が言うと、

「そうだろう」男が笑みを見せる。

「江戸は国許《くにもと》に比べれば、大した寒さじゃないんだが、冷えるのはよくないからと、いい火鉢を置いてもらっているんだ」

「へえ、そりゃ」加門も火鉢を見る。

「いいお殿様ですね」

「ああ、うちのお殿様はいいお方だ。もっとも、火鉢は御家老様のお許しだったらしいがね」

「ほう、おやさしい御家老様ですな」

「ああ、苦労なすってるお方だがらな。御家老様は越後《えちご》の高田藩《たかだはん》から転封《てんぽう》になったときに、なんやかや、ずいぶんと難儀なすったそうだ」

「へえ、こちらは白河の松平様ですよね、もとは越後だったんですか」

加門は知らぬふうで聞く。寛保《かんぽう》の元年（一七四一）に、高田藩から白河藩へと転封になったことは調べずみだ。

「そうだ、おれが生まれる前のことだから知らないが、越後は雪が深いところだったそうだ。白河はそれほどではないげど、寒いのは大して変わらないがら、皆、がっかりしたって話で……ああ、お灸が熱くなってきた」

「はい、火が下りてきてますよ。けど、転封ってえのは大仕事でしょうねえ、あたしらの家移《やうつ》りだって面倒なのに、国ごと移るとなりゃあねえ」

男は頷きながら息を吐く。

「ああ、転封はなにしろ大変だったそうだ。お城の物も屋敷やそれぞれの家の物もぜーんぶ荷造りして、それを積んだ荷車を、越後高田から陸奥《むつ》白河までの道のりを引っ張ったっていうんだからな」

「ほう、そりゃあ難儀だったでしょうな」

「ああ、親から何度も聞かされたわ。同じ久松松平でも、松山のほうは一度も転封していないのに、どうしてこっちはって、皆、大層口惜しい思いをしたって話だ」

「なるほどねえ、そら、愚痴《ぐち》の一つも言いたくなるでしょうね」

頷く加門の横で、草太郎が言う。

「けど、白河の関ってえのは、あたしだって聞いたことがある。名所なんでしょ」

「おう、そんだ」男の口元が弛む。

「北と東をつなぐ街道の要《かなめ》だ。北の国々を押さえる要所だから、うちのお殿様が任されたわけだ……あっ、熱い、お灸が効いてきた……」

「なるほど、さすが親藩ですね」

加門の言葉に、男が首を振る。

「いや、うちは親藩ではない。だが、もうすぐ親藩になるそうだ。ああ、どんどん熱くなる、熱いが気持ちいい……」

ほう、と加門は腹の底でつぶやく。藩のなかではすでに養子話が広まっているのだな……。

「熱いのは我慢してください。気持ちがいいのは、効いている証ですよ」

加門の言葉に、男は顔を向ける。

「切り艾、もうひと包み買うことにするわ、置いていってくれ」

「そりゃ、どうも」

加門の目配せに草太郎は、

「へい、ありがとござんす、そいじゃこれを」

箱から包みを取り出し、男に見せた。

男は気持ちよさそうな顔で頷いた。

三

江戸城中奥《なかおく》。

白河藩邸での話をする加門に、意次はじっと耳を傾けていた。

語り終えた加門に、

「ふうむ、藩士は純朴《じゅんぼく》そうだな」

と、意次は頷く。

「うむ、荒れてもいないし、穏やかだ。さしたる不満もないのだろう」

「なれば、養子の話も障《さわ》りはないな」

頷く意次に、加門は少し、首をひねる。

「少し気になるのは、家格を上げたいという目的があからさまなことだ。まあ、養子の縁組みはすべてがそうだろうが」

「ああ、武家の縁組みはそのためにあるようなものだ。問題はなかろう」

意次は「よし」と膝を打った。

「これで安心して、上様に申し上げることができる」

意次が頬を弛めると、加門も同じ顔になった。

下城のため、坂下御門《さかしたごもん》へ向かって歩いていた加門は、前方に目を留めた。前と同じ場所に田部井が立っている。

足を速めると、田部井が会釈《えしゃく》をしながら寄って来た。

「すみません、またお待ちしてました」

「ふむ、かまわない。なにか進展があったのか」

「はい」並んで歩きながら、田部井が顔を向ける。

「魚屋の常陸屋にいくどか行って、主の顔を見ることができました」

「ほう、よくやった」

「はい、思っていたのとは違い、愛想もよさげで、悪い男には見えませんでした」

「ふうむ、御公儀御用達の大店にするほどの商人だ、如才ないのだろう」

「なるほど、そう判じるのですね」

田部井はうんうんと頷く。

「して、怪しい動きはあったのか」

「ああ、いえそれが……店を出て行くのをしばらく付けたところ、料理茶屋に上がったのです。ですが、会った相手が誰かはわかりませんでした。考えてみれば、もし、賄頭がつながっていたとしても、わたしは賄頭の顔を知らないことに気づきまして」

「む、知らないのか」

「はい、顔を見たことはないのです」

「ふうむ、名はなんという」

加門の問いに、田部井は辺りを見まわして小声になる。

「崎山藤七郎《さきやまとうしちろう》という名です」

「ふむ、『武鑑《ぶかん》』は見たか、家紋がわかれば探しやすい」

「はい、見ました。屋敷は駿河台《するがだい》で、家紋は丸に下がり藤です」

「丸に下がり藤か、さほど珍しくはないが、西の丸に何人もいるとは思えん、待ち受けて確かめればよい」

「え、どこでですか」

「西の丸の表だ。出て来るのを待てばよかろう」

「え、しかし、西の丸に行ったことはなく、その……」

声を揺らす田部井に、加門は顎をしゃくった。

「よし、行こう」

足を速める加門に、「えっ」と言いつつ付いて来る。

濠を渡り、西の丸に入って行く。

西の丸御殿の横を過ぎ、やがて表に着いた。

表玄関が見える庭に、二人は立つ。すぐそばに立つ木の幹に寄り添った。

風呂敷包みを手にした役人が、次から次へと出て来る。

ときどきこちらを窺い見る者もいる。その眼差しに、田部井は臆《おく》したようにうしろに下がる。

「おどおどすると怪しまれるぞ」加門は振り返る。「探索をするときには、堂々とするのだ」

はあ、と田部井は少しだけ足を出した。

丸に下がり藤の家紋はまだ見当たらない。

「その御仁、旗本だったか」

「はい、そう書いてありました。なれど、大身というのではなく……」

「ああ、旗本といっても小禄の家は多い。むしろ大半がそうだ」

はあ、と相槌《あいづち》を打った田部井が、「あっ」と声を洩らした。

「御目付様ですよ、田沼意致様です」

現れたのは意致だった。配下の徒目付《かちめつけ》と言葉を交わしながら御殿を出る。

加門は顔をそむける。目を向ければ、その気配で相手が気づきやすいからだ。が、
逆に加門のほうが気配を感じた。

意致がこちらを見ている。

しまった、と加門は頬を歪める。

意致は配下を手で制すると、こちらへと歩き出した。

加門は田部井を振り返る。

目を丸くした田部井は、さらに下がり、木の陰に隠れた。

「宮地のおじさま」意致が寄って来た。

「わたしをお待ちでしたか」

「あ、いや」加門は苦笑を浮かべて首を振った。

「そうではないのだ」

意致は浮かべていた微笑みを納めて、あ、と言った。

「すみません、お役目でしたか」

「ああ、いや、それほどのものでない、のだが……」

加門も苦笑を納める。と同時に、いや、この際だ、と口を開くと、ひそめた声を出

した。

「実はな、西の丸の賄頭、崎山藤七郎という役人を確かめに来たのだ。意致殿は顔を知っていようか」

「はい」意致は神妙に頷く。

「西の丸の役人はすべて顔と名を頭に入れました。なにか、崎山が調べを受けるようなことをしたのでしょうか」

「いや、まだそこまでの話ではない。ちと、気にかかる、という程度のことだ」

言いながら、加門は振り返った。

田部井が木の陰から半分だけ顔を覗かせている。

意致がそれに気づき、加門と田部井を見比べる。

「出て来い」

加門は田部井を手で招いた。

田部井はおずおずと進み出ると、「ははっ」と意致に深々と腰を折った。

加門は意致に田部井を手で示す。

「これは勘定所の帳面方で田部井新造殿といい……まあ、ちと気にかかることがあるというので、探索のしかたを教えていたのだ」

「そうでしたか。気にかかるとはどのような」

意致の問いに、田部井は恐縮して首を縮める。

「いや」と加門が手を上げた。

「まだなんの証もなく、ただの勘、口にできるようなものではないのだ。もし、なにか判明するようなことがあれば、筋を通して話が上がるはずゆえ、その折にはお頼みしたい」

「はい」

意致は素直に頷く。

「して」と加門はささやく。

「崎山藤七郎という賄頭はもう下城したのだろうか」

「いえ、中で見かけました」意致は御殿を見る。

「ここで待ちましょう」

御殿に横顔を向けた意致に、加門らも合わせて向き合った。横目だけで、御殿を見つめる。

しばらくして、「あ」と意致の声が漏れた。

「出て来ました、あの濃茶《こいちゃ》の袴が崎山藤七郎です」

加門も横目で見る。裃《かみしも》には丸に下がり藤の家紋が白く抜かれている。細身の身体に面長の顔で、薄い眉毛が気難しそうに寄っている。

田部井も首を伸ばして見る。

崎山はこちらには気づかずに、御殿から離れて行った。

「ふむ、顔はわかったな」

加門の問いに、田部井が大きく頷く。

うむ、と加門は意致に向き直り、

「いや、申し訳ない」

と、軽く頭を下げた。

「とんでもない」意致がそれを手で制して、首を振る。

「本来であれば、わたしの役目、こちらこそ恐縮です。何かあれば、すぐにおっしゃってください」

意致も礼を返す。と、「では」と木立から出た。

離れつつ振り返ると、加門に小声を放つ。

「また屋敷にお越しください」

「うむ、またな」

加門は笑みを交えて頷いた。

そのようすをじっと見ていた田部井は、意致の背中を見送って加門を見た。

「ど、どういうことですか……いや、今、宮地のおじさまって、それはお名が宮地様ってことですか、藪様ではないのですか」

「ああ、すまん」加門は手を振る。

「藪は藪医者のつもりで言ったのだ。名は宮地だ」

「ええっ、御目付様とはどういう……あ、あぁっ、そういえば聞いたことがある、御庭番の宮地加門様は将軍様からも老中田沼様からも信頼が篤く……って、ええっ、その宮地加門様なのですか」

加門は黙って頷く。

「ひえ」田部井は下がって、腰を曲げた。

「そうとは知らず、御無礼を、ああ、あ、足に晒まで……わあっ、お許しください」

何度も腰を折る。

「あー、よいのだ、気にするな」

加門は肩をつかんで、身を起こした。

「それに、もしもそなたの勘が正しければ、わたしにとっても仕事になる。恐縮することはない。さ、行くぞ」

加門は西の丸の通用門へと歩き出す。

一歩下がって付いて来る田部井を、加門は振り返った。

「賄頭の顔がわかってよかったな。こうなったら気のすむまで調べてみるがいい」

田部井が走って横に並ぶ。

「はい」

かしこまって、頭を下げた。

四

本丸へと続く坂道を、加門はゆっくりと上る。登城の刻限であるため、多くの役人が上って行く。

「聞いたか、田安家の話」

一人の男が隣の者にささやく。加門は背後からそっと耳を澄ませた。

「ああ、白河藩への養子話だろう、上様がお許しになったそうだな」

「うむ、定信様は幼い頃から英明と評判ゆえ、藩では期待が大きいだろうな」

「ああ、だが、頭の出来よりも、ほしいのは血筋であろう」

「確かに。徳川の血が入れば、家格が上がるのは間違いないからな」

二人は頷き合いながら、坂を上って行く。

養子の件は家治に了承《りようしよう》され、田安家に正式に申し込みがされていた。

「白河藩はうまくやったな」

うしろからも声が聞こえてくる。

「ああ、御三卿で残るは定信様お一人、おまけに幼い頃から利発で知られているのだから、早い者勝ちと思ったのであろう」

「悔しがっている藩もあるだろうな」

ささやきながら、加門を追い越して行く。

同じような噂話を聞きながら、加門も本丸御殿の中奥入り口へ進んだ。

御庭番の詰所でも、同じ言葉が交わされていた。

加門は文机《ふづくえ》に向かっている梶野《かじの》に、近寄って行く。

御庭番は御三卿の動静にも耳目《じもく》を働かせている。特に田安家と一橋家は、前《さき》の将軍家重に対して叛意《はんい》を顕《あら》わにしていたため、御庭番の注視の対象だった。梶野は田安家の家臣とつながりを持ち、常に屋敷の動向を把握《はあく》している。加門は横に座ると、声をかけた。

「邪魔してよいか、田安家のことだが」

「ああ、かまわん」

膝をまわして向きを変えた梶野は、片目を細めた。

「養子の件であろう、揉《も》めているぞ」

「やはり、そうか」

「うむ、定信様ご自身が養子になど行きたくない、と仰《おお》せだそうだ。徳川の名を捨てることになるのだから、無理はないがな」

「そうだな、しかし、すでに兄上も松山藩に出ているし、一橋家では三人が養子として出ているのだから、覚悟はできていたであろうに」

「いや、それはどうだか。定信様は大層誇りが高く負けん気が強いお方だ。それに松山藩に行った兄上とは昔から仲が悪かったという話だ。その兄よりも家格の低い家に行くのでは、気が収まらないだろう」

「家格が違うのか」

「うむ、松山の松平家は十五万石で、白河のほうは十一万石だ。それに、松山の家のほうが出世した当主がいる」

「ふうむ、それは負けず嫌いとしては我慢がならないだろうな。しかし、兄弟仲が悪いとは聞いていたが、それほどなのか。母上は同じなのにな」

加門は庭で見かけたことのある山村《やまむら》とやの姿を思い出していた。宗武の側室として、二人の息子を産んだ。定国と定信だ。

正室の近衛通子《このえみちこ》も長男治察を産んでいる。七人の子を産んだものの、四人は夭逝《ようせい》し、成長したのは治察と姫二人だけだった。ために、田安家の男子はその長男を含む三人となっていた。

通子は正室として、定国と定信を己の息子として育てている。もともと、とやは通子のお付きであったため、正室と側室という立場であっても対立などはなかった。

宗武亡きあと、通子は宝蓮院《ほうれんいん》と名乗って長男治察を支え、とやも香詮院《こうせんいん》と名乗ってその下に付いている。

「ううむ」と梶野が唸った。

「兄弟二人、母御は同じなのになにゆえにあそこまで仲が悪いのか。子供の頃、屋敷の庭で喧嘩をしているのを見たことがあるが、心底、憎んでいるような面持ちであったので驚いたものだ」

「そうなのか、人の仲は近いほどうまくいかない、というのはわかる気もするが……

戦国の世では兄弟の殺し合いなど珍しくなかったからな」

「そうだな、まあ、わたしも人のことは言えない。うちには弟が二人いるが、仲よく育ったとは言えんからな……そなたは男兄弟がいないから、わからんだろうが」

「うむ、妹だけだからな」

「男の兄弟というのは、なにかと比べられるものだ。競い合う気持ちも生まれるし、妬みだのなんだのも生じてくる。それは大名家でも小禄の家でも同じだろう」

「そうか、そもそも宗武様ご自身がそうだったのだからな。兄の家重様とは最後まで仲違《なかたが》いしたままだったし……御子達にもそれが受け継がれているのかもしれんな」

腕を組む加門に、梶野は顔を寄せてさらに声を低める。

「それにもう一つ……これはわたしの考えだが、定信様が養子を拒むわけがあると思うぞ」

加門も頷いて、ささやきを返す。

「治察様か」

うむ、と梶野は頷いた。

「田安家を継がれた治察様は、昔から病弱であられる。万が一のことを思えば、定信様は残りたいであろうな」

「そうさな、同じ大名家の当主になるのでも、白河の松平家と御三卿徳川家では雲泥《うんでい》の差だ」

「ああ。それに万が一、というのは、宝蓮院様もご案じらしい。当主がいなくなれば、田安家は絶えてしまうからな。ゆえに、宝蓮院様も香詮院様も養子に反対なすっているのだ」

「そうか、これは難航するかもしれんな」

眉を寄せた加門に、梶野も同じ面持ちで頷いた。


日の傾きはじめたなかを、加門は北の丸へと足を向けた。裃は外し、着物は粗末な物に着替え、手には竹箒《たけぼうき》という姿だ。

北の丸は広い。出入りの門は田安御門だ。その内にあるため、田安家という通称で呼ばれるようになっていた。

初代の宗武が存命で、家重への叛意を示していた頃には、しばしばようすを見に来たものだった。

北の丸には木立が多く、屋敷を窺うにはちょうどよい。加門は木立の間を縫いながら、屋敷を眺めた。そこにいた宗武の姿が脳裏に甦《よみがえ》る。

幼い頃から英明と評判であった宗武は、常に自信に満ち、堂々と振る舞っていた。

英明か……。加門は胸中でつぶやく。昔はさして疑いも持たなかったそのことに、首をひねる。

加門は家重の顔を思い出していた。

家重は発語が不明瞭であったため、暗愚と誤解されていた。が、将棋《しょうぎ》が強く書物を好んで読み、洋書への関心も強かった。

さらに情にも厚かった。御膳に出された食べ物に傷《いた》んだものが混じっていたさいも、小姓にそっと捨てさせたほどだった。明らかになれば、料理を作った者がいかほどの咎《とが》めを受けるか、それを案じてのことだった。

暗愚などとんでもない、深慮《しんりょ》のお方だったな……。加門は思い起こしながらつぶやく。その深慮も温情も、家重自身、自ら誇示することはなかった。

それは息子の家治にも受け継がれている。家治は将棋がめっぽう強く、指南書まで書いているほどだが、それを大仰に誇示してはいない。幼い頃から吉宗が教育をしており、その賢《さと》さに大いに期待をしていたが、それほど評判になることはなかった。家治も自らひけらかすようなことはしない。

加門はゆっくりと足を運びながら、頭の中に言葉を巡らせる。

宗武が英明と評判になったのは、当人が誇示したからではないのか……。加門は胸中でつぶやく。自身の知恵や知識、才のすべてを人々にひけらかしたがゆえに、知られることとなったのではないか。でなければ、英明だ利発だと、どうして評判が広まることになろう……。

加門は木立の陰から、屋敷を横目で見る。

宗武が胸を張って歩いていた姿が甦ってきた。

〈兄上は将軍にふさわしくない〉

そう言って憚《はばか》らなかったその顔。

〈わたしを跡継ぎに望む者は多い〉

堂々と公言していた姿。

そうした言葉を何度も言い放ち、城中を揺るがせた。

父の吉宗に、

〈家重を廃してわたしを後継に〉

と、談判《だんぱん》したことさえあった。

加門は首を振る。思慮分別《しりよふんべつ》のある者がすることではない……英明とは、どこまでが真実であったのか……。思うほどに眉間が狭まってくる。

と、その足が止まった。

屋敷の廊下に人の姿が現れた。

定信だ。

十七歳の若い声を荒らげている。

廊下に膝をついた小姓が、低頭する。

小姓のほうが二つ三つ歳が上に見えるが、押さえることもなく叱声《しっせい》を頭上に落としている。

ひとしきり声を放つと、足音を立てて廊下を歩き出した。

機嫌が悪いな……。加門は胸中でつぶやきながら、その姿を目で追っていく。胸の張り方や顎の上げ方が父上によく似ているな……。

木立を離れながら、加門は口元を歪めた。

定信様はおそらく、いろいろのことが宗武様に似ているのだろう。幼い頃から英明という評判をとったのも、その英明さを自ら知らしめたせいに違いない。兄の定国様には、それほどの評判はなかった……む、そうか、と加門は口元を引き締めた。兄は己の才を誇示する質《たち》ではないのだろう、兄弟は反対の気質らしい。そんなことも、兄弟の不仲を生んだ元となったのかもしれないな……。

兄の養子が決まったさい、定信は喜んでいたという話を思い出す。

兄がいなくなれば、万が一のときには、当主の座がまわってくる……いや、御三卿は吉宗の血を将軍に繋《つな》いでいくためのもの。田安家当主どころか、将軍の座さえ、手に入れることができるかもしれないのだ……。

そう思うと、加門は改めて屋敷を見つめた。

すでに定信の姿は奥へと消えて、ない。

廊下を行き来するのは、忙しげな家臣らだ。

と、奥から別の姿が現れた。治察だ。

錦織《にしきおり》の羽織《はおり》で、当主であることがひと目でわかる。

足音を立てていた定信とは逆に、音もなく静かに歩いて行く。いつ見ても、治察の姿には覇気《はき》がない。

お身体も細いな……。加門はその姿を振り返りながら、木立のあいだを本丸へと戻って行った。

五

朝餉をすませて廊下に出ながら、加門は千秋を振り返った。

「出かける、支度を頼む」

「はい、すぐに参ります」

やって来た千秋は、袴の紐を結びながら加門を見上げる。

「今日は非番でしたよね」

「うむ。だが、ちと用ができたのだ。羽織は普段のでよい」

「はい」

千秋は張りの失われた羽織を着せかけた。

半分開けられた障子《しょうじ》のあいだから、春風が吹き込んできた。散りはじめた梅の花びらが舞い込んでくる。

「暖かくなってまいりましたね」

千秋の微笑みに、加門も庭に目を向ける。

亡き母の植えた皐月《さつき》の木には、新芽が鮮やかな緑を見せていた。

「来月はもう三月か、もうすぐ一年になるな」

「はい、一周忌をいたしましょうね。その頃には母上の植えられた緑に、花がたくさん咲きましょう」

「月日の経つのは早いものだな……」

加門のつぶやきに、千秋が頷く。

「はい、年を重ねると、それが惜しいようにも思えますし、救いと感じることもありますね」

「そうだな」

加門は小さな笑みを残して、

「行って参る」

玄関へと歩き出した。

八丁堀の道を進み、先日来た白河藩の屋敷の前に出た。

以前と同じく門番が二人、立っている。が、しかつめらしかった顔が、どこなく弛んでいるように見えた。

角を曲がり、裏門へとゆっくりと歩いて行く。

一度通り過ぎ、ひとまわりしてまだ戻る。と、裏門が開き、二人の藩士が姿を現した。背高の男と小太りの男だ。

加門は間合いを取ってうしろを付いて行く。

藩士らは笑顔で言葉を交わし合っていた。

「官位も上がるんだろうな」

「そうだろう、徳川様のお血筋が入れば親藩になるって話だ。松山藩を継がれた定国様は、中務大輔《なかつかさのおおすけ》という官位を賜《たまわ》ったそうだぞ」

定信養子の件に違いない。田安家に申し入れが正式に行われたことで、藩のなかでも公《おおやけ》になったのだろう。が……田安家では渋っている、ということは知らされていないらしい。おそらく、重臣にも伝わっていないのだろう……。加門はそう考えを巡らせながら、うしろを歩く。

「なによりも、お殿様が溜間詰《たまりのまづめ》になるはずだって、上の方々は喜んでおられるそうだ。お殿様の念願らしい」

「そうなればもう、松山藩に引けを取らずにすむな」

「ああ、我らも胸を張って歩けるぞ」

なるほど、と加門は息を呑み込んだ。それも目的の一つだったか……。

江戸城には幕臣の詰所である控えの間がある。

控えの間は数が多く、身分や家格によってどの間に詰めるかが決められている。

大名家の多くは帝鑑間《ていかんのま》が詰所だ。が、それよりも格上であり、わずかな大名しか入ることができないのが、溜間だ。将軍の席に最も近く、臣下としては最大の名誉とされる。

加門はふっと息を吐いた。官位の昇格を願って賄賂《わいろ》をばらまいた伊達家《だてけ》のことが思い出された。家格や身分は、武家を縛り付ける鎖《くさり》のようなものだな……。

藩士らは日本橋の町へと入って行く。

行き交う多くの人のざわめきに、二人の声はもう聞き取れない。

帰るか、と加門は足を速めた。と、それをすぐに戻した。

藩士らに、男が近づこうとしている。するどい目付きで見ているのは、藩士の懐だ。

巾着切《きんちゃっきり》だな……。加門は注視する。

人が腰に下げた巾着や印籠《いんろう》を切って盗むことから、巾着切と呼ばれるようになった盗人《ぬすっと》だが、今では懐から財布を掠《かす》め取る者も多い。人の多い通りでは、しばしば被害が出る。

男が二人に近寄った。

その手が素早く背高の藩士の懐に伸びる。

あっと加門は息を呑む。

巾着切は財布をつかんだ手を袖にしまい、すれ違った。

藩士は気づかないままだ。

「待て」

加門は横をすり抜けようとした男に手を伸ばした。が、男はそれを払い、走り出す。

「その男、巾着切だ」

加門は振り返って、大声を放つ。

皆が一斉に立ち止まり、慌てて懐を確かめる。

「あっ」背高の藩士が声を上げた。

「ない、財布がない」

加門は走り出していた。

巾着切は人々をかき分けながら、走って行く。

藩士も走り出していた。

加門に追いついて、共に走る。

「待てっ」

加門と藩士の声が重なった。
逃げる男は小さく振り向くと、ちっと舌を鳴らした。
その前に、若い男が飛び出した。
「止まりやがれ」
両手を広げて、立ち塞《ふさ》がる。
巾着切はそれにぶつかって跳ね飛ばす。
「待ちやがれ」
別の男がそれを追う。
手を伸ばし、巾着切の帯をつかむ。
加門がそこに追いついた。
巾着切の腕をつかみ、それをうしろにひねり上げる。
うっ、という呻《うめ》き声が上がった。
背高の藩士も追いついた。
加門は藩士に、男の袖を目で示す。
「そこに入っているはず」
藩士は狼狽《うろた》えながらも、巾着切の袖に手を入れた。

「あ、あった」

財布をつかんで、掲《かか》げる。

「うむ、よかった」

加門は手の力を抜いた。と、巾着切は腕を振り払い、走り出した。

あ、と手を伸ばすが、人を跳ね飛ばしながら駆けて行く。

まあ、よいか、と加門は手を下ろした。

巾着切は捕まっても敲《たた》きを受け、入《い》れ墨《ずみ》をされて解《と》き放《はな》ちとなるのが常だ。二回目に捕まっても増入墨《ましいれずみ》されて解き放ち、三回目も同じだ。掏《す》って盗る金はさほどの額でないことと、盗られたほうにも油断があったため、という考え方だ。が、さすがに四度目には死罪となる。

巾着切は若い男が多い。すばしっこさが盗るにも逃げるにも最大の武器となるからだ。そのため、三十の声を聞くとやめる者も多い。職を得て、まっとうな暮らしをはじめるのだ。

加門は以前に聞いたその話を思い出していた。

「あのう」藩士が前にまわってくる。

「かたじけのうございました」

財布を手に頭を下げる。小太りのほうも、駆け寄って礼をする。

「いや、戻ってよかった」

笑みを浮かべる加門に、藩士もやっと面持ちを弛めた。

「助かりました、国への土産《みやげ》を買う金でして」

「ほう、お国に戻るのですな」

四月から、参勤交代《さんきんこうたい》の時期がはじまる。

「はい、陸奥白河へ戻るのです」藩士は大きく胸を張った。

「あの、お名前お聞かせください。わたしは……」

「ああいや」加門は手で制した。

「名乗るほどのことでない。ただの通りすがりだ、この先は気をつけられよ」

加門は踵を返すと、歩き出した。

二人の声が背中に聞こえたが、振り返らずに進む。

「ありがとうございました」

という声が聞こえてきて、加門は小さく頷いた。

六

数日後の田沼邸。

加門は奥の部屋で意次と向き合っていた。

昼間、屋敷に来い、という言伝《ことづて》を受け取っていたからだ。

「ほほう、溜間か」白河藩士の出来事を話すと、意次は苦笑を浮かべた。

「まったく、武士というのは、身分だの家格だのにこだわることから逃れられないのだな……そのようなつまらんこだわりが、才ある者の出世を妨げたり、無駄な諍《いさか》いを生んだりするというのに」

「ああ、わたしもいつもあきれる。だが、身近な相手に対してほど、負けん気が強まるのだろう。調べてみたのだが、松山のほうの松平家は、以前に一度、溜間詰になったことがあるのだな」

「ほう、そうであったか」

「うむ、二代目の松平定行《さだゆき》殿がそうであった」

「おう、そういえば」意次は手を打つ。

「今の定静殿《さだきよ》が溜間詰になった折、百年ぶり、という話を聞いたわ」

「ふむ、それよ、わたしも田安家から定国様を迎えたせいかと思うたのだが、それ以前の話であったのだと調べてわかった。白河藩の目論見《もくろみ》は、そもそもが的外《まとはず》れだと思うがな」

「うむ、まあ、親藩に格上げにはなるし、定信様はそれなりの官位を賜るであろうから、それだけでも収穫だろう」

「それは、確かに」加門は茶を啜《すす》りながら頷く。

「しかし、田安家のほうはどうなのだ。未だ、養子話を受け入れていない、と噂に聞いたが」

む、と意次の眉が寄る。

「そうなのだ、定信様が頑《がん》として拒んでいるらしい」

「やはりか。万が一のことがあれば将軍、という座を手放したくないのかもしれんな。将軍の座は、父宗武様の宿願のようなものであったゆえ、おそらくその意を継いでいるのだろう。宗武様が御子らを厳しく育てたというのは、その道筋への執念ではなかったのか、とわたしは思うぞ」

加門の言葉に、意次は意外そうに目を見開いた。

「む、そうか……しかし、家基様がおられるのだから、その道はもうないとあきらめているだろう」

「まあ、さすがにな。今は、徳川の名にこだわっておられるのだろう」

加門は出されていた練り菓子を手に取って口に運ぶ。

意次は顔を動かした。時の鐘が聞こえてくる。

「む、もうこんな刻限か」

酉《とり》の刻（午後六時）を知らせる響きだ。

「加門」意次は隣の部屋を指で示す。

「急ぎ、あちらに移ってくれ」

廊下から、足音が近づいて来る。

む、と菓子を飲み下しながら、加門は立ち上がった。

すまん、と意次が声を落とす。

「治済様が来ることになっているのだ。話があるというのでな」

「一橋様か、それは……」

加門は茶碗と菓子皿を袖に入れると、隣の部屋へと急ぎ足になった。

部屋を移り、襖を閉めると、その前にそっと腰を下ろした。

襖越しの声が聞こえてくる。

「ようこそ」

意次の声に、

「いや、邪魔をいたす」

と、治済の声が返す。

衣擦《きぬず》れの音が収まり、二人が向き合ったのがわかった。

時候の挨拶《あいさつ》などが交わされ、亡き意誠のことなども語られる。が、ひとしきりのあと、治済の声音が少し、変わった。

「田安家の定信殿のことだが、まだ養子の件、渋っていると聞いた。真であろうか」

「ああ、そのことでしたか」意次の声も低くなる。

「はい、未だご了承のお返事はいただいていません。定信様のみならず、宝蓮院様も快く思われていないごようすで……」

「なんと、手前勝手なことを」治済がきっぱりと声を放った。

「我が一橋家は長男を出し、次男まで出した。末の弟まで出して、残ったのはわたしだけだ。御三卿といっても、当主以外は部屋住みと同じ身、養子で徳川との縁を強めるのも役目ではないか」

「はい、それは我ら老中はじめ、重臣らは同じ意見。こたびの養子縁組みは進めるべき、と」

「うむ、にもかかわらず拒もうとは、田安家の思い違いと考えるのだが、主殿頭殿はいかが思われる」

「そうですな、一橋家が養子縁組みをすべて受けてこられたこと、田安家にてもご配慮なさるべきかと思います」

　意次の言葉に、膝を叩く音が鳴った。

「よう言われた。まさにそのとおりよ」治済の声が勢いづく。

「手前勝手を通さば、下に示しがつかぬ。それゆえ、わたしは考えたのだ。これはいっそ、幕命にすべきである、とな」

「幕命、と……」

「そうだ、上様のお許しをいただくのではなく、御下命とするのだ。さすれば拒むことはできまい」

「なるほど……」

　意次の声が揺らぐ。

　耳を澄ませていた加門は、そっと唾《つば》を呑んだ。意次はそこまで考えていなかったはずだ……。

治済の言葉は続く。

「これまで田安家には遠慮する者もいたろう。しかし、我が一橋家とても、家格にさほどの違いはないのだ。こちらが素直に受け入れてきたことを拒むなど、それを許せば、この先、ことあるごとに同じように我《が》を通そうとするやもしれぬ。対応に苦慮することになろう」

そうか、と加門はそっと頷いた。

武家では男兄弟に序列がある。長男は別格だが、その下でも上のほうが優遇されるのが普通だ。

田安家と一橋家は創設後、ともに十万石が与えられたが、家の石高《こくだか》は田安家が三万俵で一橋家が二万俵だ。家格は田安家のほうが上である、と公言されたのと同じことだった。

なるほど、と加門は腑《ふ》に落ちた。治済様はそれがご不満なのに違いない……。

治済の声が高まる。

「わたしから上様に申し上げてみる。おそらく上様はご同意くださるはず」

なるほど、と加門はまた思う。

宗武様は兄の家重様を廃そうとしたことで、激昂《げっこう》をかった。家重様はそのことを息子の家治様に伝えたに違いない。たとえ言葉で伝えなくとも、子はそれを感じ取ったはずだ。いや、宗武様と宗尹様の目通りを終生許さなかったということだけでも、それは察せられる。となれば、家治様も田安家に好意を抱くことはなかろう……。

加門は一橋家初代の宗尹の顔を思い出す。

兄の宗武様に同調して、共に家重様の怒りを買い目通りを拒まれたものの、兄宗武様に比すれば、宗尹様の叛意は小さかった。田安家に比べれば一橋家のほうが、家治様にとってもまだ近しく思えるはずだ……。

治済が膝行するのが気配でわかった。

「上様の御下命がいただけたら、主殿頭殿、そなたから田安家や皆の者に伝えてくだされ」

意次が小さく頷くのが、見えるようだった。

「それはむろん、上様の御下命を伝えるのは、わたしの役目ゆえ」

うむ、と治済の声が伝わってきた。

「では、頼みましたぞ、主殿頭殿、ああ、見送りは無用」

衣擦れの音が立ち、治済が立つのがわかった。

足音が去って行くのを待って、加門は襖を開けた。

苦笑を見せる意次に、加門は寄って行った。

「治済様は深慮遠謀《しんりょえんぼう》のお方だな」

うむ、と意次は頷きつつ、苦笑を収めた。

「だが、筋は通っている」

それはそうだが、と加門は口中でつぶやく。喉《のど》の奥が、なにかすっきりとしないように思え、喉元をさすった。

意次は面持ちを変え、

「飯を食っていけ」

と、加門に笑いかけた。

しばらくのちの三月十五日。

田安家徳川定信に、白河藩への養子決定が御下命として申し渡された。

しかし、その後も、定信は田安家を出ようとせず、屋敷にそのまま暮らし続けた。

第三章　断絶の危機

一

本丸から坂を下り、帰途についていた加門は、片隅に目を留めた。

田部井がひっそりと立っている。

目が合った加門は寄って行くが、田部井は動こうとしない。

「や、わたしを待っていたのではないのか」

首をひねる加門に、田部井は肩を落として見上げる。

「このようにお話ししてもよいのでしょうか」

ふっ、と笑って加門はその肩を叩いた。

「かまわん、さ、歩こう」

先を行く加門に田部井が追いつき、横顔を向けた。

「よかった、もうお話しできぬかと案じておりました」

む、と加門は横目を返す。

「わたしは一向にかまわんが、むしろ、そなたのほうがあらぬ目を向けられるかもしれんぞ。御庭番に、なにか告げ口をしているのではないか、とな」

「あ、はあ……図らずもそうなってしまっていますね」

頭を掻《か》く田部井に、加門は小さく笑う。

「この先、用のあるときには外桜田御門《そとさくらだごもん》の橋を渡った先で待つといい。して、今日はなにか、進展があったのか」

「いえ、ご相談したきことがありまして……その、魚屋に行って魚の値のことを質《ただ》そうと思うているのです。急に値が上がるものなのかどうか。上がったらそのまま続くのか……」

「ふうむ、そうだな、まず、それを確かめるのは大事だ」

「はい、ですが、どのように問えばいいものか……怪しまれてはいけませんし……」

「そうさな」

加門は田部井の頭から足までを見る。いきなり町人に姿を変えろ、と言っても無理だろう……。

「いずこかの家臣のふりをして行くのがよいだろうな」

加門はそう言いつつ、田部井を見た。

「次の非番はいつだ」

「は、四日後です、そのあとは九日後で」

「うむ、そうか、なれば九日後、わたしも共に参ろう」

え、と田部井の目が丸くなる。

「そ、そのようなことまでしていただいては……」

「なに、かまわん、不審があれば調べるのも役目だ」

「はっ」と頭を下げる田部井を、加門は横目で見た。

「未《ひつじ》の刻（午後二時）に迎えに行こう。よい着物を着て、待っていてくれ」

「はぁ……よい着物……」

戸惑いつつも、田部井は、

「承知しました」

深く頷いた。

御庭番御用屋敷の庭を、加門はゆっくりと歩く。

五月も半ば近くになり、それぞれの屋敷の庭に花が彩《いろど》りを添えている。

御庭番は旗本に昇格したあと、他の役に就いて転出した者も多い。が、御庭番は重要な役目であるから、なくすわけにはいかない。ために、息子や弟が別家を立て、御庭番を継いでいる。今では、最初の十七家よりも増えており、屋敷もそれに伴って数を増した。それぞれの庭に、木や花が植えられている。

加門は自分の屋敷の庭で足を止めた。

植木の前に人影がある。長女の鈴と馬場家《ばばけ》の息子兵馬《ひょうま》だ。

「や、兵馬殿であったか」

加門が近寄って行くと、二人は並んで向き直った。

「おかえりなさいませ」

鈴の声に兵馬が重ねる。

「お邪魔しております、仏壇に供える花を分けてもらいに来ておりました」

うむ、と加門は笑顔を向ける。

「好きなだけお持ちなされ、飾ってもらえば、育てた母も彼岸《ひがん》で喜ぶことだろう」

そう言いながら、廊下へと上がる。

振り向くと、兵馬は摘んだ花を手に歩き出していた。と、鈴がそれを呼び止める。

「兵馬様、こちらの皐月もお持ちになられては……」

鋏《はさみ》を手にした鈴が、皐月の茂みへと兵馬を手招きする。

「この薄紅の花が入ると、明るくなります」

「よいのですか」

「ええ、どうぞ……」

交わされる二人の声を背に、加門は庭から屋敷へと上がった。

「お帰りなさいませ、今日はお庭からですか」

千秋が廊下をやって来た。

「うむ、鈴と兵馬殿がいたので、話してきたのだ」

裃《かみしも》を外しながら、千秋が「ああ」と小声を洩らす。

着替えを進めながら、千秋は加門を見上げた。

「どう思われました」

「ん、なにがだ」

「鈴と兵馬殿です」

「どう、とは……幼なじみゆえ、仲がよいな」

御庭番の子供らは御用屋敷の囲い内で育つため、皆、つながりが深い。

「いえ」千秋は小さな息をもらした。

「そういうことではなく……鈴は兵馬殿を慕《した》っているのではないか、と思うのです」

「鈴が」

はい、と千秋は加門の正面に立った。

「鈴はもう二十三、嫁《とつ》いで子がいてもよい歳です。なのに、一昨年、縁組みを打診されたとき、断りましたでしょう」

「ああ、そうだったな。まだ縁づきたくない、と言うていたな。ならば、好きなだけここにいればよいではないか」

加門の顔がほころぶ。

「まあ」千秋の目が尖った。

「これだから殿御《とのご》は……そのようなことでは困ります。女《おなご》は子を産む年に限りがあるのです」

む、と、加門は身を反らす。

「それは……うむ、縁組みを考える時期かもしれん。なればどうだ、兵馬殿は。睦《むつ》まじそうにしていたではないか」

「ですから」千秋は声までを尖らせる。

「それを案じているのです。兵馬殿には許嫁《いいなずけ》がおられるのですよ。高橋家《たかはしけ》と、幼い頃に縁組みが結ばれているのです」

「ああ、そうであったか……しかし、許嫁の小代《さよ》殿は数年前に病で亡くなったのではなかったか」

「はい、四年前に急な病で。なれど、それならばと、妹の雪《ゆき》さんと縁組みすると決まったのです。旦那様もお聞きになったはずですけど」

詰め寄る妻に、ああ、と加門は天井を見る。

「そういえば、そうであったか」

「ええ、そうです。ですから、兵馬殿ではだめなのです」

眉間に皺を刻む千秋に、加門は半歩下がる。

「うむ、話はわかった……まあ、鈴が兵馬殿を好いていると言ったわけではないのだろう」

「言ってはいません、なれど」千秋が胸を張る。

「鈴が兵馬殿を見る目、あの眼《まなこ》は恋です」

きっぱりと言う妻に、加門は口を閉ざした。どうしろというのだ……。

その動揺を見抜いたように、千秋は半歩、歩み寄って間合いを詰めた。

「鈴の縁組みをお考えください。このままでは、鈴が行かず後家になってしまいます。ここにいればよいなどとおっしゃいますが、いずれわたくし達はいなくなるのですよ、そうなれば鈴は独り……そんな不憫《ふびん》なこと……旦那様はそれでもよろしいのですか」

う、と喉を詰まらせて、加門は咳を払った。

「それは、確かによくないな。うむ、考えてみよう」

加門は背を向けると、文机に向かった。座って書物を取ると、それをめくる。

千秋はふっと息を吐いて、

「お願いいたしますね」

そう言い残して出て行った。

加門はそっと振り返ると、庭へ顔を向けた。

二人の姿は見えないものの、交わす声が微《かす》かに聞こえていた。


江戸城中奥。

御庭番詰所で、加門はそっと仲間を見まわした。

親の跡を継いだ年若の者もいるし、さらに若い見習いの者もいる。

顔と名はすべて知っているし、歳も大体はわかっている。

しかし、と加門は一人ずつ見ていく。すでに許嫁がいるのかどうか、そこまではわからない。

御庭番は秘密保持のため、縁組みは仲間内で行われるのが普通だ。子が幼いうちに家同士で決める場合もあるし、長じて当人が決めることもある。

はてさて、どうであったか……。加門は若者の顔を順に眺めながら、首をひねる。縁組みの話が上がることはしばしばあるが、聞いてもほとんど覚えていなかった。

まあ、今となって急に焦ることはあるまい、と加門は腹の底でつぶやいた。おいおい、だ……。

加門はそっと詰所を出た。

二

田部井の屋敷前に立ち、加門は口を開いた。が、「ごめん」と言う言葉が出る前に、戸が開いた。

「お待ちしておりました」

田部井が出て来る。

驚く加門に、田部井は笑う。

「ずっと戸口の内で待っていたのです」

ふむ、と加門も目元を弛ませ、立ち姿を見た。

「うむ、よい着物だ」

「はい、よい着物はこれしかないので、迷いませんでした」

そうか、と笑い、加門は、

「では、参ろう」

と、歩き出した。

神田から日本橋は近い。

「あそこです」

田部井は見えてきた大店を指で示す。

間口が広く、奥行きもありそうな立派な構えだ。

ふむ、と加門は田部井を見た。

「わたしが話をするから、そなたは横で相づちを打っていればよい。年まわりからいっても、そのほうが自然だ」

「はい」

と頷いて、店へと進む加門に続く。

店先の棚には多くの魚が並べられており、客も押し合いながら品定めをしている。

手代が加門らに目を留め、奥へと消えた。と、すぐに番頭を連れて戻って来た。

「いらっしゃいまし」番頭が手を揉みながら寄って来る。

「奥にもいい魚がありますので、どうぞ」

うむ、と加門と田部井が付いて行く。

番頭が横目でなめるように、二人の着物や帯を見た。

「御家中でご入り用ですか」

「うむ」加門は大きな鰆《さわら》を覗き込む。

「この店は徳川様の御用達と聞いて見に来たのだ。我が殿は魚を好まれるゆえ、よい物を仕入れたいと思うてな」

「ははあ、さようで」番頭が声を高めた。

「あたくしどもは徳川様のみならず、多くの大名家へも納めておりまして、よい評判をいただいておりますんで」

その声が奥へと響く。と、襖が開き、男が出て来た。

「あ、旦那様」番頭がにこやかに振り向く。

「こちらのお武家様が、お殿様のために魚をご覧になりたいと」

「ほう、さようで」

主が土間へと下りて来た。番頭同様、二人の着物や帯を見て、笑顔になる。

「ささ、ご覧くださいまし、あたしどもは朝獲《と》れた魚をこうして並べております。活《い》きのいいことはこの目でおわかりいただけましょう」

「なるほど」加門は頷く。

「確かに目が澄んでおり、鱗《うろこ》も光っている。活きがよいな」

「はい」

主も揉み手になる。

加門は顎を撫《な》でた。

「ふうむ、ここの魚を納めてもらうとして、先に月々の仕入れの値を決めることはできようか」

「はい、もちろんです。月にいくらと決めていただければ、それに見合った魚をお納めいたします」

「ふむ、だが、豊漁のことも不漁のこともあろう、それで変わることはないのか」

「ありません」主はきっぱり首を振る。

「不漁であっても、月極《つきぎめ》であれば、手前どもで身銭《みぜに》を切ってでも都合いたします。その分は豊漁のさいに帳尻《ちょうじり》が合いますので、なんのご心配もありません。いつでも、最上の魚をお届けいたしますよ」

「ほほう、さようか」加門は顎を上げる。

「それは心強い。なに、屋敷に出入りしている魚屋は、不漁のさいには値を吊り上げるというて賄役に不評なのだ」

「はあ、小さな所はしかたがないでしょう。いえ、あたしどもでも値は変わりますよ。小さな魚屋や料理茶屋に下ろすときには、それは当たり前のこと、ですが、月極となれば、そのようなことはいたしません。決まったなかで差配をするのが、腕の見せ所ですから」

「なるほど、では、急に値上がるようなことはないのだな」

加門の問いに、「はい」と主が腰を曲げ、すぐに胸を張った。

「そのようなことはありません、ご安心ください」

「うむ、わかった」

頷く加門の顔を、田部井は横目で感心したように見る。

「では、屋敷に戻って皆と相談をしてみよう」

加門が踵を返そうとすると、

「あ、お待ちを」

番頭が声を上げた。

うん、と主が大きな鰆《さわら》を指さす。番頭はそれを笹《ささ》の葉を敷いた笊《ざる》に入れ、上からも葉を乗せた。

「どうぞ、これをお持ちください」

差し出された笊を加門は手で制す。

「いや、もらうわけにはいかぬ」

「是非、お殿様にご賞味《しょうみ》いただきたく……」

番頭は身を捻ると、笊を田部井に差し出した。ぐいと押されて、田部井は思わず受け取ってしまう。

あ、と顔を歪めるが、加門は苦笑して頷く。

主と番頭は共に手を揉んだ。

「ぜひ、よろしくお取り計らいを」

「うむ、邪魔をしたな」

加門は今度こそ踵を返し、外へと歩き出した。

番頭が見送っている気配を感じるが、そのまま歩く。

次の辻を曲がると、田部井は「はあ」と声を上げた。

足を止め、しみじみと加門を見る。

「いや、探索というものを初めて目《ま》の当たりにしました。さすがは、御庭番……」

顔を振る田部井に、加門は苦笑を返す。

「まあ、このようにするわけだ」

「はあぁ、見事です」言いつつ、田部井は手にした笊を見た。

「向こうはいずこかの大名家の家臣と、疑いもしませんでしたね。このような物まで……」

「ああ、それは気が引けるな。しかし、あのやりとりでは誰でも受け取るだろう。あまり拒んでは怪しまれる」

「はあ、さようで……しかし、どうしましょう、この鯖」

「ふむ、そうだな」加門は考えてから、その顔を巡らせた。

「よし、あそこだ」

料理茶屋の二階で、加門と田部井は膳を前に向き合った。

焼かれた鰆が湯気を立てている。

「はぁ」田部井は膳を見て、すでに何度も見た部屋を見まわす。

「このような所は初めてです」

「わたしとて、最初に上がったのは探索のときだ、さ、冷めないうちに食おう」

加門の笑いに、田部井も箸を取る。

「ああ、うまい」田部井は目を細めながら、改めて加門を見た。

「つくづくと、番方《ばんかた》のお力がわかりました」

加門は鰆を味わいつつ、そうか、と思った。

幕臣は番方と役方《やくかた》に分かれている。大番《おおばん》や御書院番《ごしょいんばん》などは将軍の側近くに仕え、警護する役目だ。御庭番もその下に位置する。番方は武官であり、一方の役方が文官となる。

田部井は肩を落として、顔を振った。

「勘定方など、腰抜け役人と呼ばれ、蔑《さげす》まれるのが常……」

武家のはじまりが武官であったため、文官を下に見る風潮が未だに続いている。

「ですが」田部井が顔を上げた。

「今日、わかりました。番方のお方は誇りを持つだけのことがある、ご立派です」

加門は鰆を飲み下して、苦笑した。

「番方と言っても、今は名ばかりの役が多い。泰平の世で警護を要するほどの危うさもなく、闘う機など更にない。番方は、だから世襲が続いているのだ」

「は、世襲は家格が高いゆえではないのですか」

田部井が箸で瓜《うり》の漬物を挟んだまま、手を止めた。

加門は蛤《はまぐり》の潮汁《うしおじる》を飲んでから、口を開いた。

「昔はそうだったが、今はなによりも、番方の出番がないからだ。武術の腕をふるう場がないから、技も術もいらない。ゆえに、誰が継いでも支障がないのだ」

「はあ」

田部井が瓜をかりっと嚙《か》む。

加門は小さく笑って頷く。

「その点、文官は才が必要だ。ゆえに吟味が行われるし、世襲にこだわらない。低い身分の者でも、優れていればどんどん出世する。田部井殿も、この先はいくらでも道が拓《ひら》けるであろう」

「いやぁ、わたしなど」田部井は頭を掻く。

「そもそも、人づきあいが下手《へた》なのだと、役所に入ってから思い知りました。うまく話を合わせるとか、適当に相づちを打つとかが苦手でして……」

「ふむ、それゆえ、帳面の不審も見過ごしにできなかったのだな、それはよいことだと思うぞ」

「そうでしょうか。年々、居心地が悪くなるような気がしておりまして……」

ふうむ、と加門は箸を止めた。

「それは、役所の人らがぎすぎすしているせいもあるのではないか」

聞いてみようと思っていたことだった。

「そら、去年の禁裏《きんり》の不届きで、江戸の役所もとばっちりをうけているのではないか」

「あ、やはりご存じでしたか」

田部井が眉を寄せる。

京の御所は禁裏とも呼ばれ、多くの役人が仕えている。そこに去年、調べが入った。どうやら、不正が行われているらしい、という報告が上がったためだ。

朝廷には、公儀から多額の御料《ごりょう》が支出されている。それを禁裏の勘定方の役人らが、運用や配分、管理などを行っている。禁裏の役人は地元出身で、世襲で代々勤めている者も多い。

しかし、すべてを任せきっているわけではなかった。多額の御料を出している公儀は、監察役の禁裏附《きんりづき》を派遣している。ただ、禁裏の役所はもともと閉ざされた仕組みだ。さらに江戸の役人に対して反意が強い。仔細《しさい》を知るのは容易でなく、禁裏附が手を焼いていることが、江戸にも報告されていた。

その勘定方の仕事に不審がある、と吟味がはじまったのが、去年の十月だった。その調べは今も続いており、処分は決まっていない。

そのことはまだ公にされていないが、城中や役所では噂が伝わって来ていた。特に、同じ勘定所には注意が向けられていた。

田部井は声をひそめる。

「禁裏の勘定に不正があったため、江戸も厳しくする、ということらしいのです」

「ふむ、そうだろうな、そうしなければ示しがつかない。勘定吟味役も気を引き締めて取り組んでいることだろう」

「はい、そのようです。ゆえに皆、気を張って、ぴりぴりとしているのです」

「いかにもなことだ。田部井殿が嫌がらせを受けているのは、そうした八つ当たりもあるであろう。人は気を張り詰めると、どこかで発散したくなるものだ」

「ああ……そうなのでしょうか」

「それも一つであろう。発散はよそ者や弱い者に向くものだ」

加門は残っていた潮汁を飲み干した。

「だが、気をつけることだ。不審を抱いて調べている、などと気取られてはまずい。役所では何食わぬふうで過ごすことだ」

はあ、と田部井は腕を組んだ。

「わかりました、そうします」

「よし」と加門は目元を弛ませる。

「また、なにかあればいつでも言うがいい。手伝うぞ」

はっ、と田部井が背筋を伸ばす。

「百万の味方を得た思い、ありがとうございます」

勢いよく下げた頭が、膳にぶつかりそうになる。

おっと、と額を押さえる田部井に、加門は笑いを吹き出した。

三

下城した加門は、御用屋敷の庭をゆっくりと歩いていた。

これまではただ通り過ぎていたそれぞれの屋敷を、目の端に捉えながら進む。七月になったものの暑さは続いており、どこの屋敷も簾《すだれ》がかけられたままだ。

加門は若者の姿を目で追う。前は気にならなかった歩き方や所作が目に付く。着物の着方までが、気になってくる。誰が鈴にふさわしいのか……。

やれやれ、と加門は肩を落とした。縁組みを考えるよりも、探索をするほうがよほどたやすい、いっそ誰かに頼むか……おや……。

加門は振り返った。

馬場家から出て来た兵馬が、門へと歩いて行く。と、高橋家から出て来た雪とかち合った。許嫁同士の二人だ。

加門はそっと目で追う。

二人は小さく会釈し合い、すれ違う。と、そのまま離れて行った。

なんだ、と加門は二人を見送った。淡々としたものだな……いや、照れているのか……。判じかねて、首をひねりながら歩き出す。

その背後から、声が追って来た。

「宮地殿」

小走りにやって来たのは、梶野だった。

「おう、これは……」

立ち止まった加門に、梶野が向き合う。その神妙な面持ちに、加門は声を落とした。

「なにか、あったか」

うむ、と梶野が間合いを詰める。

「田安家の当主が病に伏せているようだ」

「病……治察様がか……」

「ああ、少し前から寝つかれたようで、医者や医官も呼ばれているそうだ」

「なんの病なのだろうか、まだ若い身……確か二十二歳であろう」

「医者の診立てまではわからん。だが、連日、医者が来ているそうだ。そなた、田安家のこと、気にしていたから知らせようと思うたのだ」

「ああ、それはかたじけない。して、定信様はまだおられるのか」

「うむ、養子が正式に決まったあとも、ずっと田安家でお暮らしだ。が、こうなれば、ますます屋敷を出ようとはなさらないだろうな」

「そうだな、万が一のことを考えればな」

加門はすぐ近くに見える城の石垣へと顔を向けた。

「そうか……いや、お知らせ、かたじけない」

なに、と言って、梶野は背を向けた。

加門は弱々しい治察の姿を思い起こしていた。


翌日。

加門はまた竹箒を手にして、本丸から北の丸へと足を向けた。

田安家の屋敷は、いつもと変わらぬ立派な構えを見せている。

庭からまわり込み、加門は奥のようすを窺った。

家来が台所から小さな桶《おけ》を持って廊下を進み、しばらくして戻って行った。

治察の看病に使っているものらしい。

奥の障子が開いた。

出て来たのは医者だ。それに続いて女の姿も現れた。宝蓮院だ。

医者とともに歩きながら、言葉を交わしている。

実の息子なのだから、心配でならぬだろうな……。加門は、口中《こうちゅう》でつぶやく。立ち去ろうと、足を踏み出すが、それを止めた。

静まっていた廊下に宝蓮院が表から戻って来たからだ。

加門はそっと近寄って行く。

公家の姫であった宝蓮院は、ふだんはたいそうゆっくりと歩く。が、今、廊下を行く足取りは速い。顔を上げ、胸を張って歩くその姿には、凛《りん》とした強ささえ感じられる。

当主であった宗武亡きあと、新しく当主となった息子の治察を支え、田安家を守る覚悟なのだろう。

そうか、と加門は胸中でつぶやく。定信の養子話に反対したのは、定信の意志を重んじただけでなく、田安家のことも考えてのことなのだろう。すっかり徳川家の女人になられたのだな……。そう納得しつつ、加門は奥へ消えた宝蓮院を見送って、田安家から離れた。

これは知らせておいたほうがよいな……。加門は近づきつつある本丸の御殿を見つめていた。

加門の話を聞いて、「ほう」と意次は顎を撫でた。

「いや、病で床に伏せておられる、とは聞いていたのだが、もう床上げされる頃だろうと思うていた」

「ううむ、あの医者や宝蓮院様のごようすだと、まだであろうな」

腕を組む加門に、意次は小さく眉を寄せる。

「して、病はなんだと思う」

「む、本丸にも伝えられていないのか」

「ああ、誰も聞いていない」

「そうか、なれば、はっきりと診立てがついていないのかもしれんな」

加門も眉間を狭めた。治察の頼りなげな足取りを思い出して、天井を見る。

「もしかしたら、もともと心の臓がお悪いのかもしれない」

「心の臓……そういうこともあるのか」

「うむ、生まれつき弱い者もいるのだ。無事に育たないこともあるし、長じても健やかな者に比べていろいろの病に弱い」

「なるほど、ほかにはなにが考えられる」

「そうだな、若さからして、労咳《ろうがい》（結核《けっかく》）もありうるし、江戸患《えどわずら》い（脚気《かっけ》）であっても不思議はない」

意次はその病名に眉間の皺を深める。

「命に関わる病だな、が、治察様がそれほどに重い病とは限らぬだろう」

「うむ、ただ風をこじらせただけかもしれない。お身体が弱いと、ただの風でも長引くことがある」

「そうか。なにしろまだ二十二歳の若さだ、まさか、命まで危うくなることはあるまい」

意次の言葉に、加門は眉根を弛める。

「まあ、確かにな。若ければ回復の力も強い。そう簡単に儚《はかな》くはならないものだ」

二人のあいだに、ほっとした息が流れた。

加門はその目を、意次の背後の床の間に移す。真新しい掛け軸がかけられていた。

「新しい絵だな、また上様からの拝領か」

うむ、と意次は振り向く。

「そうなのだ、先日、頂戴《ちょうだい》した。うまく描けたと仰せで、今度の画号は〈政事《まつりごと》之《の》暇《ひま》〉だぞ」

ほう、と加門は前に歩み寄る。

「前のは〈天保《てんぽう》〉であったな」

家治は絵を描くことに熱中している。画号を用いて、必ず隅に落款《らっかん》を捺《お》す。画号はたくさんあり、そのときによって、また絵の出来具合によっても変えていた。

不出来、としたものには〈梅風薫四方《ばいふうくんしほう》〉と捺すのが常だった。そのほかにも、〈明徳《めいとく》〉〈天之祐《てんのゆう》〉〈良哉《りょうさい》〉などさまざまな画号を使い分けている。特に気に入ったものに、〈政事之暇〉と捺すのも常だった。そうした絵を、家治は大名や側近らに、気前よく与えていた。

「確かによい絵だな」

顔を近づけながら、加門は画号へと目を移す。

「しかし、この〈政事之暇〉というのは、どのような意味合いで使われておられるのだろう」

ううむ、と意次は唸る。

「それはわからん、尋ねるわけにもいかんし……皮肉なのではないか、と言うお人もあるのだが」

家治は政にはほとんど関与しない。将軍に就く折にも、西の丸時代から頼りにしてきた老中松平武元《たけちか》に、「御政道はまかせる」と言ったほどだった。その松平武元は老中首座として、今も辣腕《らつわん》を振るっている。

意次は苦笑を浮かべた。

「我ら老中が上様を奥に隠し、御政道をいいように操《あやつ》っている、などと言う者もいるからな」

いや、と加門は首を振る。

「町衆ならまだしも、城中でそれを真《ま》に受ける者などおるまい。御政道に携わる気になられれば、すぐにでもそうできるのだ。人の噂など、取るに足らん」

言いつつ加門は、考えを腹の底に収めた。たとえ市中でも、そのように言われるのはよいことではない……。

「いや、わかったぞ」加門は面持ちを弛める。

「政事が暇である、と仰せになるのは、家臣を信頼している証だ。優れた重臣がいるから、安心して絵が描ける、という意味合いであろう」

ふむ、意次も目元を弛める。

「そうか、だといいがな」

「うむ、そうに違いない」

加門は大きく頷いた。

八月に入ってすっかり高くなった空を見上げながら、加門はいつものように庭掃きの姿で、北の丸へと足を向けた。

治察が床上げをしたという話は、未だ伝わってこない。

田安家の屋敷を遠巻きに見ながら、加門は北の丸の庭を歩く。

屋敷の表が見える場所まで行くと、加門は足を止めた。

田安御門から入って来た人影が、そのまま屋敷へと進んで行く。武士であれば目も留まらないが、人影は僧侶《そうりょ》だった。年嵩《としかさ》の僧と若い僧が、屋敷へと入って行く。

加門は踵を返して、屋敷の庭へと戻った。

廊下を見ながら、木立のあいだを歩く。

二人の僧侶が、屋敷の廊下に現れた。案内の小姓が声をかけると、奥の障子が開き、宝蓮院が姿を見せた。

僧侶が礼をすると、宝蓮院は身を翻《ひるがえ》して、僧侶を中へと招き入れた。

祈禱《きとう》か……。加門は閉められた障子を見つめた。祈禱を頼むということは、いまだ回復の兆《きざ》しがないということか……。

奥から、重く低い祈禱の響きが、微かに聞こえてきた。

加門は木立の陰で、じっと耳を傾けていた。

四

御庭番御用屋敷。

城から戻った加門は、着替えをすませて廊下に出た。

秋風の吹き込んでくる縁側で、鈴が縫い物をしている。男物の着物だ。

加門は一つ、咳を払うと、横に腰を下ろした。

「よい着物だな」

はい、と父を見る。

「御爺様《おじじさま》の着物ですよ。兄上のために仕立て直しているのです」

「む、そうであったか」

加門は庭を見る。

「もうすぐ木々の葉の色が変わるな」

「そうですね、紅葉がはじまりますね」

「うむ……」加門は前を向いたまま、口を動かす。

「鈴は、その……どういう男《おのこ》と夫婦になりたい、と思うている」

「どういう」鈴が手を止めて顔を上げた。

「そのようなことは考えたことはありません」

「む、そうなのか、いや、そんなことはあるまい」

横目で見る父に、鈴は首を横に振った。

「夫婦になるのは縁が結ばれるお方……どのような、などと思い描いたことはありません。」

「縁……」

「はい、御婆様が言われていたのです。人にはあらかじめ決められた縁がある、と。縁の糸がつながっていれば、必ず結ばれるもの、つながっていなければ、それまでのこと、と、御婆様はよく仰せでした」

ほう、と加門は母が植えた庭の花を見る。そんな話は聞いたことがない。

鈴は小さく肩をすくめた。

「女同士《おなご》の秘密です、とも仰せでした」

「ふうむ、そうか。では、鈴もそれを信じているのだな」

「はい」

鈴も花々に目を向けた。黄色い小菊と紫の竜胆《りんどう》が、色合いよく並び、風に揺れている。

鈴は父を見る。

「父上と母上は慕いあう仲であったと、御婆様から聞きました」

「む、まあ、な」

顔を逸らす父に、鈴は微笑む。

「ご縁が結ばれていたのですね。なれど、どれほど慕いあっていても、結ばれない縁もあるのだと、御婆様は仰せでした。御婆様はお若い頃に、それを悟ったそうです」

「悟った、とは、では、そうしたことがあったのか」

はい、と鈴は頷く。

「お慕いしたお方がいたそうです。お名前は教えてくださいませんでしたが、静かだけれど頼もしいお人であったそうです」

誰だ、と加門は御庭番の男達の顔をつぎつぎに思い浮かべる。が、母と同世代は多くて、定まらない。

「そうか……母上と父上は、家が決めた縁組みであったそうだからな」

「はい、相手のお方にも許嫁がおられたそうです。なので、思いは秘めたまま、嫁がれた、と」

ふうむ、と加門は竜胆を見つめる。紫色のその花は咲いてもつぼみのようで、大きく開くことはない。

鈴は笑いを漏らした。

「御爺様は駄じゃれがお好きで、朗《ほが》らかな方でしたね、わたくしは大好きでした……なれど……」

「ああ、静かで頼もしい、とは遠いな」加門も苦笑する。

「父上のことは、なにか言うていたか」

「はい、気の張らない旦那様でよかった、と笑っておいででした」

「気の張らない、か」

加門も笑う。が、目は鈴を見た。

鈴はまた針を動かしはじめる。

「そなたは」父は横顔を見つめた。

「ではもう、納得しているのだな」

は、と鈴が目だけで父を見る。

加門は顔を戻して、咳を払った。

「好いた男がいて、結ばれないとしても、それはしかたがない、と」

鈴がまた手を止めた。針を持つ手を宙に浮かせたまま、遠くを見る。

「糸がきっちりと結ばれれば、それが定めです。なれど、結ばれるまでは……わかりません」

ん、と加門は娘を見る。

鈴は口を強く結んで、また針を刺した。

ああ、と加門は声を出しそうになった。以前、正式にではないものの縁談が持ち込まれたときに、鈴はきっぱりと首を横に振ったのが思い出される。だから、か……。

「それゆえ、自分のほうの糸は結ばずにいたい……そういうことか……」

父の言葉に、鈴の首が赤くなる。言葉を返さない娘に、加門はそっと立ち上がった。

「だが、母上は心配しているぞ」

娘の肩に小声を落とすと、加門は縁側を離れた。

台所から、味噌汁《みそしる》の匂いが漂ってきていた。

夕餉《ゆうげ》の膳が並んだところに、草太郎が外から駆け込んで来た。

「遅くなりました」

そう言うと、父の横にしゃがんだ。

「父上、医学所で本を買ったのです。『解体新書《かいたいしんしょ》』という書物で、阿蘭陀語《オランダご》を訳したものなのです」

「ああ、杉田玄白殿らが訳したものだな、できあがったのか」

「はい、父上は玄白先生をご存じなのですよね」

「うむ、源内殿と親しくしておられるのでな、その縁で会った」

ああ、と草太郎は言葉にならない声を洩らす。

「すごい本なのです。人の臓腑《ぞうふ》や血の通う管《くだ》、骨の形や関節、そのつながり方まで……」

千秋が娘らを目顔で促し、女三人は箸を取る。

鈴と千江は箸を動かしながら、しゃべり続ける兄を見ていた。

言葉の途切れない草太郎を、千秋が「これ」と遮る。

「とりえあず、膳にお着きなさい。話はあとで好きなだけすればよい」

「はあ」と、膳に着く草太郎に、千秋は眉根を寄せた。

「熱中するとまるで子供のよう……もう、妻を娶る年頃だというのに」

鈴が顔を上げた。

「年頃など、よいではありませんか」

「ええ」千江がにこりとする。

「それに得意事を話す殿方は、よいお顔をなさいます」

「ま、そのようなはしたないことを……」

千江は肩をすくめつつ、姉を見る。

「あら、姉上もそう思われるでしょう、兵馬様が虫の話をされるときには、よいお顔になりますものね」

鈴が頬を染めてうつむく。

「虫……」加門が首を伸ばす。

「兵馬殿は虫が好きなのか」

「はい」千江が頷く。

「虫のことならなんでもご存じです。怖がることはないのだ、と教えていただきました、ね」

千江が姉を見る。鈴はぷいと顔をそむける。

千秋は咳を払うと、二人に言った。

「話はよいから、お食べなさい」

江戸城中奥。

八月二十八日。

御庭番の詰所に慌ただしい足音が駆け込んで来た。

飛び込んで来たのは梶野だ。

「田安家の治察様が亡くなられたぞ」

皆が一斉に顔を向ける。

「真か」

加門は思わず立ち上がった。

「うむ、まだ公にはされていないが」

頷く梶野に、加門は眉を寄せる。

「病はなんだったのだ」

「それはわからんままだ、むしろ、医術を学んだ身として、どう思う」

問われて、加門は首をひねった。

「手当てをした医者も、はっきりとわからなかったのかもしれんな。なれば、わたしなぞにわかるよしもない」

「そういうものか」

背後の仲間らも立ち上がっていた。

「そういうものだ。病にははっきりと診立てがつかないものもあるのだ」

加門の言葉に、皆が顔を見合わせる。

「しかし、どうなるのだ、田安家は」

「ああ、定信様は養子先が決まっているのだから、跡継ぎはなし、ということになるな」

「だが、こうなれば、定信様の養子が取り消されるのではないか」

「しかし、すでに幕命として決まったこと、今更、覆《くつがえ》すことができるのか」

それぞれに言い合う。

「吉宗公は」加門が口を開いた。

「御三卿に跡継ぎがなきときにはお家取り潰しにせよ、と御遺言を残されたはず」

「む、そうであったか」

梶野の問いに、加門は頷く。

「間違いない」

皆はだが、首を捻る。

「ううむ、しかし、定信様がおられるのだしな」

「ああ、これはどうなるか……」

交わされる言葉を背に、加門は部屋を出た。

そのまま外へと行き、北の丸へと向かう。

その道筋には、幾人もの人の姿があった。本丸御殿の役人らは、葬儀の準備のために行くのだろう。

あ、と加門は目を一人に留めた。

田安家から松山藩に養子に入った定国だ。治察は異母兄に当たり、宝蓮院は定国にとっても育ての母になる。

弔問だな……。加門はそのうしろ姿を見つめる。

定国は屋敷へと入って行った。

屋敷には静かな騒がしさがあった。誰もが声をひそめ、足音を忍ばせているが、あわただしさが満ちている。

加門は庭の木立の陰から、じっと屋敷を見つめる。

本丸でも広まったらしく、徐々に出入りの人が増えていく。

だが、と加門は胸中でつぶやく。

弔問客はさほど多くないな……。

初代当主の宗武が逝去《せいきょ》したときのことを思い出していた。

つぎつぎと弔問客が訪れ、葬儀が終わるまで、人の出入りがやむことはなかった。

それに比べれば、訪れる人影はずっと少ない。

田安家は終わり、と考えている人らも多いのだろうな……。加門は片目を歪める。

武家は機を見るに敏だ。出世の役に立つと思えばすばやく動くが、大した益はないと判じれば引く。わかりやすいものだ……。

本丸の役人が、大きな荷物を運び込んでいくのを、加門は目で追った。

おそらく遺骸《いがい》保存に使われる辰砂《しんしゃ》などの石だろう。

葬儀は上野寛永寺《うえのかんえいじ》で行われるはずだ。初代宗武の墓所がすでにある。だが、公にされるまでには、間があるはずだ。徳川家男子の死は、すぐには公表されないのが常だ。

加門は考えを巡らせながら、そこに佇《たたず》んだ。

五

逝去から毎日、加門は北の丸へと足を運んだ。

老中はじめ、重臣らはすでに弔問をすませている。

すでに四日が経っているが、田安家の今後については、まだなにも伝わってきていない。

おや、と加門は首を伸ばした。

本丸のほうからやって来たのは、御側御用取次の稲葉正明だ。

玄関へと進んで行く。

やがて廊下に姿を現し、奥の部屋へと歩んで行った。

宝蓮院に呼ばれたのだな……。加門は部屋へ入っていく背中を見つめた。

定信の養子を取り消して跡継ぎに据えたい、そう宝蓮院が言っているらしい、とすでに城中に流れていた。

それを聞いた御庭番の詰所では、皆が顔を寄せ合った。

〈それはそうであろう〉

〈うむ、御三卿の一家がお家取り潰しとなれば大事《おおごと》だ〉

〈しかし、上様の御意向がある〉

加門はそのやりとりを思い出しながら、本丸御殿を振り返った。

家治の父家重は、田安家の宗武と深い確執があった。憎しみといってよいその思いを、家治が知らぬはずがない。亡き父の遺恨《いこん》を思えば、田安家に厳しく対処しても、誰も不思議には思わないだろう……。
だが、宝蓮院、そして定信も田安家を存続させたいと願うはずだ。
稲葉正明を呼んだのは、家治にその願いを伝えさせるために違いない。
しばらくして、稲葉正明が出て来た。
加門は木立から出て、屋敷へと寄って行く。
稲葉の顔は歪んでおり、額の汗を手で拭っている。
一度、立ち止まると、大きな溜息を吐き、首を振りながらまた歩き出した。
その背中について、加門も本丸へと戻って行った。
詰所にいると、梶野が背後から近づいて来た。
「棺が寛永寺に移されるらしいぞ」
「む、そうか」加門は腕を組む。
「いつまでも屋敷に置いておくわけにはいかぬだろうな」
徳川家の葬列は、死を公にする前に出されることも珍しくない。
それによって、町の人々は死を知ることになる。
「先ほど」加門は梶野にささやく。
「稲葉様がお屋敷に呼ばれていた」

「うむ、わたしも田安家の家臣から聞き出した。養子取り消しの願いを上様に取り次いでほしいと頼んだそうだ」

「やはり、そうか。稲葉様の困惑した面持ちで、そうではないかと思っていた」

「ああ、稲葉様はそれを請け負ったらしい」

「なんと」加門は膝を立てた。

「稲葉様の一存で決められることではあるまい」

「うむ、上様はもちろん、老中方の御意向とてある。松平家とて簡単に従いはすまい。しかし、宝蓮院様と定信様がよほど強く言われたのだろう、稲葉様は引き受けざるを得なかったのではないか」

むう、と加門は眉を寄せた。

宝蓮院も定信も、その気の強さは立ち居振る舞いからも見てとれていた。

「有無を言わさぬ押しの強さ、ということか」

「おそらくな」

梶野と加門の眼が頷き合う。

さて、と加門はその目を天井に向けた。

棺は寛永寺に移されたものの、治察の死はまだ公表されていないままだった。まだ、田安家への対応も定まっていない。

夕刻。

加門は田沼意次の屋敷の門をくぐった。

昼間、小姓から訪ねて来よ、という言伝《ことづて》を受け取っていたためだ。

「おう、よく来てくれた」

いつもの部屋で、意次が手招きをする。

「いや、実はな、また一橋家の治済様が来るというのだ」

「治済様が……もしや……」

うむ、と意次が頷く。

「そなた、また隣の部屋で話を聞いていてくれ。おそらくあのことと、とは思うのだがな、ああ、まもなく来るはずだ」

「あいわかった、では待機する」

加門は襖を開けると、隣室に腰を下ろした。腰を据えて、襖に耳を寄せる。

「一橋様がお見えです」

家臣の声とともに障子の開く音がした。

「これは、ようこそのお運びで」

「お待たせいたした」

二人の言葉が交わされる。と、時候の挨拶もなく、治済の声が高まった。

「こたびの田安家の件で参ったのだ。聞くところによると、定信殿の養子縁組みを取り消し、田安家の跡継ぎに据えたいと言うているとのこと。主殿頭《とのものかみ》殿もお聞き及びかと思うが」

「はい、存じております。稲葉正明殿が、直《じか》に宝蓮院様よりの申し出をお聞きなされたそうで、わたしどもにも話が上がって参りました」

「うむ、伝え聞いたところ、稲葉殿は安請け合いをしたそうではないか、しかと承《うけたまわ》ったと」

「いや、安請け合いとまでは言えないようですが、確かに、上様へお伝えします、とは答えたそうです」

「それよ、なんと軽々しいことを。その言葉で、田安家では望みが通ったと思い込み、養子話は消えたこととなっているらしいではないか」

荒らげた治済の口調に、意次の声が低くなった。

「ふうむ、わたしもそのように聞きました。まあ、一応、田安家の御意向として、上様には奏上《そうじょう》したのです」

「うむ、わたしもそれを聞いて、先ほど、上様にお目通りをしてきたのだ」

「ほう、そうでしたか」

「わたしの意見を申し上げてきた」

衣擦れの音が鳴った。治済が身動きしたのが察せられた。

「御祖父様《じいさま》は……」

治済の声が改まる。吉宗の孫であるという自負の響きがそこにはあった。

「御三卿に跡継ぎがなければ、その家は取り潰しとせよ、と御遺言を残されたのだ。治察様には御子がなく、定国様も定信様もすでに養子に出た身、となれば、田安家が絶えることはいたしかたのないこと」

「ふむ、それは道理ですな」

「さよう、それは我が一橋家とて同じこと。もし、我が子がいなくなるようなことになれば、わたしは謹《つつし》んで御祖父様の御遺言を守りますぞ」

治済の強い口調に、意次が頷いたのが感じ取れた。

治済の言葉が続く。

「一度決まった縁組みを反故《ほご》にするなど、もってのほか。掌《てのひら》を返すなど、徳川家の威信にも関わるというに……田安家の願い、聞き入れる筋はない、とわたしは上様に申し上げてまいった」

「ほう」意次の声だ。

「さようで。いや、老中の意向もそれで固まったのです。松平家からも改めて、縁組みの解消はしないようという願いも出されまして」

「おう、そうであったか」治済の声音が初めてやわらかくなった。

「それが正しき筋というもの、安心いたした」

「ただ」意次の声が曇る。

「田安家をお取り潰しにしてよいものかどうか、それは意見が割れておりまして、決着が付いておりません」

「ふうむ、お家存続と言うても、当主がいないではないか」

「はい、ですから宝蓮院様に当主格に就いていただく、という意見も出ております。なにしろ、田安家に勤める者は数が多く、いきなり屋敷がなくなると、行き場に困る者が多く出るのは確実。それはそれで、厄介《やっかい》な事態となりますゆえ」

ふうむ、と治済の唸りが洩れた。

「なるほど、それも確かに道理。宝蓮院様と香詮院様がおいでであるゆえ、屋敷をなくすわけにはいくまいな」

穏やかな声音だ。

それを聞きながら、加門はそうか、と思った。

当主の代わりはあくまでも代わりにすぎない。命が尽きれば、そのあとに続く者はいない。残したとしても力を持つことにならない、と考えたのだろう……。

「ふむ、急いで取り潰しにせずとも、当面は存続でもよいであろうな」

治済の言葉に、意次の声音も弛む。

「ええ、そうなれば、田安家も納得するでしょう。いきなりお家取り潰しでは、受け入れがたく思うのも無理ないかと」

「そうだな、うむ」治済が膝を叩く音がした。

「宝蓮院様もそれでお気を静めてくださるだろう。それでよいと思うぞ」

「はい、では、改めて、上様に申し上げましょう」

「うむ、上様からの御下命として田安家に下知《げち》されるよう、主殿頭殿、うまく言うてくだされ。あ、だが……」

治済は声を落とした。

「わたしが意見したこと、ほかの老中や側近には内密に願いたい。田安家の耳に入れば、いらぬ恨《うら》みを買うやもしれぬ。親戚として今後のつきあいもあるゆえ、それは避けたいのだ」

「ええ、承知しました。お身内ですからな、確かに、波風は立てぬがよいでしょう」

「うむ、さすが主殿頭殿、察しがよいので助かる」

治済が立ち上がるのがわかった。

「では、これにて。あとは頼みましたぞ」

はい、と意次も立った。見送るつもりなのだろう。

二人が出ていく音に、加門はそっと襖を開いた。

遠ざかって行く足音を聞きながら、「さすが」は治済様のほうこそだ、と一人つぶやいた。


九月八日。

治察の死去が公表された。

同時に、田安家は存続、当主は宝蓮院が代行、定信養子の一件は変更なし、と決まり、公となった。

加門はそっと北の丸を訪れ、田安家の屋敷に近寄った。

屋敷の内から、荒らげた声が聞こえていた。

定信の声だ。

「納得がいかぬ」

物音が聞こえる。なにかを投げつけているようだ。

「お気を静めなされ」

たしなめているのは、実母の香詮院らしい。

「しかし、稲葉は請け負ったではないか」

定信の声は苛立ちを強める。

「ほんに」宝蓮院の声だ。

「こちらの願いを伝えたと言うていたのに」

「ならば、なにゆえ、通らなかったのです」

足を踏み鳴らしているらしい響きが混じる。

「老中らのせいであろうな」

宝蓮院の言葉に、香詮院が続ける。

「そうじゃ、特に田沼意次は家重公の忠臣であったと殿より聞いておる。なれば、この田安家によからぬ思いを抱いておろう。上様になにか言うたに違いない」

宝蓮院の声が尖った。

「そうやもしれぬ。田安家を絶やそうと目論んだとしても不思議はないわ」

「田沼意次か」

定信の声が掠れた。

加門は顔を歪ませる。なんと、お門違《かどちが》いも甚《はなは》だしい……。

「不届きなやつめ」

定信の声が響く。

加門は唇を嚙みしめたまま、そっと屋敷を離れた。

逆恨みとは……いや、そんなところも宗武様に似ているということか……。加門は小さく振り返りながら、眉を寄せた。

第四章　役人の保身

一

外桜田御門を出て濠に架かる橋を渡りはじめた加門は、お、と声を洩らして足を速めた。

濠端《ほりばた》に田部井が立っている。こちらに気づき、小さく頭を下げた。

加門が寄って行くと、田部井は改めて腰を曲げた。

「すみません、お待ちしてました」

「おう、とりあえず歩こう」

加門は背を叩いて歩き出す。御用屋敷はすぐ側だが、御庭番以外の者を入れることはできない。

「勘定所のほうはどうだ、京の話は伝わって来たか」

「はい、そのことでひそかに騒ぎになっています。いえ、おかしな言い方ですが」

「いや、言いたいことはわかる。そうか、知れ渡ったか」

去年の十月、禁裏で勘定方の不正が発覚し、吟味がはじまってから一年近くが経っていた。それがこの八月の二十六日に、沙汰《さた》が下りたのだ。九月に入ると、その内容が江戸にも伝わってきていた。

「まさか死罪、それも四人にも下されるとは……それを知って、皆、戦々恐々《せんせんきょうきょう》としています。宮地様はくわしくご存じと思い、伺《うかが》いたかったのです。どのような科《とが》だったのでしょうか」

「いや、その件、わたしもくわしくは知らぬのだ。だが、もう沙汰が下ったのだから、知ることができよう」加門は横目で田部井を見る。

「江戸でも吟味が厳しくなるはずだ。これは田部井殿の疑念を追及するのに、よい機となるやもしれん」

「はい、わたしもさように思いまして」

「うむ、わかったら改めて知らせよう。田部井殿は夕刻以降は屋敷おられるか」

「はい、おります。どこにも出かける先はないので」

言いつつ、田部井は辺りを見まわして、声を落とした。

「あの、実はですね、お伝えしたきことが一つ……」

「ほう、なんだ」

「賄役の崎山藤七郎殿、お顔がわかりましたので、探索のまねごとをしてみたのです。お屋敷を見張って、出かけるあとを付けました。こっそりと魚屋を訪れるかもしれぬ、いや、外に妾《めかけ》でも囲っているやもしれぬ、と思いまして」

「なるほど、金の使い道を探ったのか、それは目の付け所がよい」

「はあ」と田部井は照れて目を細める。が、すぐに真顔になった。

「で、あとを付けたところ、行った先は吉原《よしわら》でした」

「吉原……それは、金がいくらあっても足りぬ所だ」

加門は大きく口を開く。

「なんと……して、店に上がったのか」

「はい、馴れたふうで上がって行きました。わたしは店の外で見送って、戻って来ましたが」

「ふうむ、吉原であったか」加門は首を振る。

「遊びで覗きに行ってはまり込む、という話はよく聞くな。それで金が要りようになって、ということか……」

「はあ……しかし、崎山様はどう見ても三十代半ば、奥方もおられるでしょうに」

「うむ、おるだろうな、だが、それとこれとは別、ということであろう。武家の縁組みは家同士のものであるから、夫婦になったからといって情が通い合うとは限らん。情がなければ、外に求めたくなるのだろうな」

加門は言いながら、兵馬と雪の顔を思い浮かべていた。

「なるほど……わからないでもありませんが」

頷きつつも口を尖らせる田部井に、加門は頷く。

「よくあること、ではある。が、そのようなことのために不正を行うなど、役人としてあってはならぬこと」

はい、と田部井は正面を見据えて勢いよく進む。

「遊びのために御用金を掠め取るなど、言語道断《ごんごどうだん》。この探索、続けます」

拳《こぶし》を振り上げる田部井の肩を、加門は叩いた。

「うむ、その意気だ」

振り返った田部井は「はっ」と頷いた。

御用屋敷の敷地を、加門はいつもとは違うほうへと歩んで行った。

「ごめん」

声をかけたのは、馬場家の屋敷だ。

「おう、宮地殿、声でわかりましたぞ」

現れたのは当主の馬場仙右衛門《せんえもん》、兵馬の父だ。

「すまぬ、聞きたいことがあって参ったのだ」

加門の言葉に、仙右衛門は手を上げる。

「さようか、では、上がられよ」

促して、奥へと案内する。

去年の末から今年の春にかけて、馬場は高橋と組んで、京へと行っていた。禁裏の勘定疑惑を探索するために遣わされていたのだ。

探索のことは、御庭番仲間にも秘密にされる。家人にさえ、行き先も告げられない。しかし、事がすべて済み、沙汰も下されれば、もう秘されることもない。

加門は向き合うと、口を開いた。

「実は禁裏の件、くわしく知りたいのだ」

「うむ」仙右衛門は頷くと、声を張り上げた。

「兵馬、おるか、来なさい」

はい、と声が返り、足音がやって来た。

「あ、宮地様、ようこそ」

挨拶をする兵馬に、父は手招きをする。

「入りなさい、そなたも聞いておくがよい、かまいませんかな、宮地殿」

「むろん」

頷く加門に、兵馬は会釈をし、父の斜め後ろに座った。

「さて」仙右衛門は咳を払う。

「どこから話しますかな」

「そうですな、まず、禁裏の勘定方の仕組みから……なにしろ、御所のことはなにもわからないので」

「いや」仙右衛門は苦笑する。

「わたしもお役目を受けて、慌てて調べた次第であった。そもそも、禁裏には地元の地下役人《じげやくにん》が詰めておりまして、代々の者も多く、京都所司代《きょうとしょしだい》も京都町奉行も内実はよくわかっていなかったそうです」

「ふむ、京は何かにつけて江戸を目の敵《かたき》としていると聞きますから、役所の内も見せたくなかったのでしょう」

「さよう、だが、どうやら不正が行われているようだと、どこからか、噂が上がってきた。恩恵に与《あずか》れぬ者が、妬みで暴いたのかもしれませんがな」

「ああ、ありがちなことだ」

加門のつぶやきに、仙右衛門は頷く。

「不正の温床は口向役人《くちむけやくにん》でした。口向方というのは御所の暮らし向きの勘定方です。日々の御膳のみならず、呉服や小物、畳や襖など、暮らしの勘定を差配する役目です。一番上には公家がおられるが、実際に役目を果たすのは、その下の役人、侍身分の者らです。さらにその下にも役人がいる」

身分は六位以上が武士であり、それ以下は下級役人となる。

「ふむ、大まかな仕組みは江戸と同じですな」

加門の言葉に、仙右衛門が頷く。

「ええ、口向諸役の上に立つのは賄頭です。この辺も同じですな。まあ、その下はいろいろで、勘使《かんづかい》という役がある。これは買物役《かいものやく》を兼ねたりもしまして、その下には使番《つかいばん》もいる。さらに御膳番《ごぜんばん》や料理を作る板元《いたもと》、板元吟味役などもいます」

「なるほど、御所の暮らし向きすべての勘定を支配しているわけですな」

「さよう、御所だけでなく、仙洞御所《せんとうごしょ》や女院御所《にょいんごしょ》などの暮らし向きも含まれています」

「あのう」兵馬の声が漏れた。

「御所は一つではないのですか」

ああ、と父が頷く。

「御所は天皇のお住まいだが、退位された上皇様《じょうこう》などはそこを出て仙洞御所に移られるのだ。上皇、太上天皇《だいじょう》などは院、とも呼ばれる。それは聞いたことがあるだろう」

「はい、白河院《しらかわいん》などのお名で……では、女院御所というのは上皇様などの奥方のお住まいということですか」

「まあ、そういうことだ。禁裏の勘定方には、そちらも含まれるのだ」

「そうか」加門は腕を組む。

「そうなると、かなり多くの商家と取引をすることになるな」

「そうなのだ、我らもそれを調べたのだが、食材のみならず暮らし向きのすべてとなると、出入りの商家は相当に多い。高橋殿と手分けをしたのだが、大変であった」

「ふうむ、それでは吟味に一年近くかかるはずだな」

「ああ、おまけに、京の者らは江戸の役人を見下《みくだ》して、口を割ろうとしない。小馬鹿にした顔で笑うのを、わたしもいくどか見たほどだ」

「それは、吟味も難儀をしたであろうな」

「わたしも吟味に立ち会ったわけではないが、役人から漏れ聞いた。役人だけでなく、商家の者まで江戸の役人、いや、京の町奉行や所司代まで嘲笑《あざわら》っていたそうだ」

ふうむ、と加門は眉間を狭める。

「なるほど、それゆえ、御公儀からの御料金も軽んじたのだな」

「うむ、その心持ちはあったと思うぞ。多くの役人が、御公儀からの御料金を己の懐に入れていたのだからな」

「懐に」兵馬が膝行して前に出て来る。

「どうすれば、そんなことができるのですか」

「さほど難しいことではない」仙右衛門が苦く笑う。

「商家に多く払ったように見せかけて、抜けばよいのだ」

「それではばれないのですか」

加門も苦笑を見せた。

「帳面を書き換えればいいだけのこと。それに、商家も手を組んでいれば、なおわからない。商家に額面どおりに払い、あとで決めた額を戻してもらえばいいのだ」

「なんと」と、兵馬の口が歪む。

「覚えておけ」父が息子を見た。

「このようなやり方はよくあること。帳面を信じすぎてはいけないのだ」

　はい、と兵馬は拳を握った。

「ふむ」加門は腕を解く。

「四人が死罪になったのは聞いたのだが、それ以外、何人が処罰を受けたのか……仙右衛門殿は知っておろう」

「うむ、探索をした身であるからな、評定所《ひょうじょうしょ》で聞いて来た。死罪になったのは賄頭と勘使の四名。そのほかの勘使や仙洞御所取次などの役人五名が遠島《えんとう》。さらに侍身分の役人六十六名、その下の役人八十八名らが、罷免《ひめん》などの処罰を受けた。口向方の役所から人がごっそりと減ったそうだ。それと、商人も多くが罰を受けた」

「なんと、それほどの数であったか」

　目を見開く加門に、仙右衛門が眉を歪める。

「あきれかえったものだ。それでも、天子様や上皇様、女院様まで、死罪はなしにしてくれ、と仰せになったそうだ」

「む、そうだったのか」

「ああ、だが、これほどの不祥事《ふしょうじ》、それに役人や商人の御公儀への不遜《ふそん》な言葉も明らかになったゆえ、厳しい処罰は揺るがすことはなかったということだ」

「公卿《くぎょう》や公家には、なんの沙汰もなかったのか」

「ああ、さすがにそちらは不問だ。それに関白《かんぱく》の近衛《このえ》様は処罰やむなし、と仰せになったそうだし、公家の野宮《ののみや》様は、かような不届き、なんという恥か、とお怒りになられたそうだ」

「ふむ、そういうお方もおられるか」

加門のつぶやきに、仙右衛門は顔を歪めた。

「しかし、それで京の役人が反省するとは思えん。長年、当たり前のこととしてやってきたことだ。それに、今後は賄頭と勘使四名のうち、二人は江戸から遣わされた役人が就くこととなった。日頃、見下している者が上に立つということで、ますます反感を強めるのではないか、とわたしは懸念している」

「ふうむ、なるほど」加門も顔をしかめた。

「しかと見てきたからこそ、の考えだな」

「いや、これは他山の石とせねばならん、と肝に銘じたのだ」

仙右衛門は息子を見る。

「そなたも胸に刻んでおくのだぞ。役所には澱《よど》みが生まれやすいのだ」

「はい」

兵馬が神妙に応える。

さて、と加門は腰を浮かせた。

「話が聞けてよかった。邪魔をいたし、申し訳ない」

いや、と仙右衛門も立ち上がろうとして、「いたた」と膝を押さえた。

「ああ、おかまいなく」

加門が手で制すると、仙右衛門は息子に向けて顎をしゃくった。

「お見送りせよ」

はい、と兵馬は廊下に出た加門に付いて来る。

加門は小さく兵馬を振り返った。

「すっかり頼もしくなられたな。仙右衛門殿も安心しておられよう」

「いえ、わたしなどまだまだ……」

首を振る兵馬に、加門は目を向ける。

「妻を得ればますます頼もしくなるものだ。雪殿との祝言は決まっているのか」

「いえ」顔が伏せがちになる。

「雪殿が十八になったら、ということですので、来年です」

「ほう、それはめでたい。雪殿も喜んでおるであろう」

さあ、と兵馬は小さく首をひねった。

おや、と加門はその顔を覗き込む。

「兵馬殿はどうだ、うれしくないのか」

そう問いながら、草履《ぞうり》を履《は》いた。振り向くと、

「うれしい……」兵馬の顔がさらに傾いていた。

「その、縁組みは家を栄えさせるため、と心得ていますので」

「ほう」加門は前を向く。

親からそう言い聞かされているのだろう、と思いつつ、しかしなんとも……と、腹の底でつぶやいた。それで幸せな一家が築けるのだろうか……。

「見送りかたじけない。では、これにて」

加門は戸を開けて外に出る。

鈴や雪の顔が瞼《まぶた》に浮かび、加門は「なんとも……」と首を振った。

二

下城して着替えてから、加門は神田へと向かった。

田部井の屋敷が見えてくる。と、その戸が開いた。

出て来た田部井が加門に気づき、走ってくる。

「これは、宮地様」

「なんだ、出かけるところであったか」

はい、と田部井は声を低める。

「また賄頭の屋敷に行こうと思って出たところでした。前は、吉原まで行ったものの、上がった店の名を見ずに帰ってきてしまったので……なにしろ、吉原は初めてだったものですから」

肩をすくめる田部井に、加門は口元を弛めた。

「ふむ、そうであったか、なれば話はあとだ、わたしも行こう」

歩み出す加門に、田部井は笑顔になる。

「それは心強い……ありがとうございます」

田部井の案内で、駿河台への道を進む。

「先日の吉原は、崎山殿に連れはあったのか」

加門の問いに、田部井は首を振る。

「いえ、一人でした」

「一人か……それは相当入れ込んでいるな」

「といいますと」

「吉原は皆で繰り出すところだ。それを一人で行くとは、よほど馴染《なじ》みの女がいるに違いない。ゆえに金も要りようなのだろう」

「ははあ」田部井は手を打つ。

「なあるほど、言われてみれば……いや、さすが御庭番は鋭くあられる」

加門は吹き出す。

「鋭くなくとも、わかろう」

細めた目で田部井を見た。遊びとは縁遠いと見える……。

あ、と田部井が足を弛めた。凝視《ぎょうし》する前方に、加門も目を向ける。

崎山が坂の上から下りてくる。

四方に目をやり、加門はすぐに足を速めた。

「向こうへ」

田部井に目顔を送り、小さな辻へと進む。

角を曲がると、田部井も付いて来た。

そのまま進んで、顔だけを振り向けた。

しばらくすると、崎山が道を通り過ぎていった。うしろに、浪人が付いて行く。

「あの浪人はなんだ、前にもいたか」

加門がゆっくりと道を戻る。

「いいえ、初めて見ました」

田部井もそれに合わせ、辻へと進む。

辻に立つと、崎山と浪人のうしろ姿が見てとれた。

「家で雇った用人か……用心棒かもしれんな」

加門のつぶやきに、田部井は「あっ」と言う。

「本当に用心棒かもしれません。最近、勘定所で帳面を洗い直そうという声が出てきているのです」

「帳面を」

「はい、例の禁裏の不正で、江戸でも綱紀《こうき》を正すべしという風潮になりまして、いま一度、帳面を見直そうと……」

「なるほど、それはよいことだ」加門は道へと出る。

「だが、不正を行う者にはとっては危機となる。それで、警戒をして用心棒を雇った、
ということか。さ、あとを付けるぞ」

歩きながら、加門は傍らの田部井を見た。

「禁裏の件、くわしくわかったゆえ、それを伝えに来たのだ。まあ、それはあとで話す。今は、賄頭だ。用心棒を付けて行くとしたら、吉原ではないかもしれん」

間合いを取りながら、付いて行く。

にぎわいのある街を抜け、崎山らは両国《りょうごく》へと進んで行く。そのまま大川端《おおかわばた》に建つ料理茶屋へと入って行った。

「よし、入るぞ」

加門の言葉に、「え」と狼狽《うろた》えつつ、田部井も続く。

出て来た手代に、加門は胸を張った。

「今上がったお武家の隣の部屋をとってくれ。隣で御用がすむのを待つことになっているのだ」

「はあ、さようで」

手代は腰を曲げると「では」と二階へと案内した。

田部井は目玉を動かしながら、付いて来る。

二階の奥から二番目の部屋に通された。

部屋に入ると、

「酒と肴《さかな》を適当に頼む」

と頼んで、加門は悠然《ゆうぜん》と座る。

「へい」と手代が出て行くと、加門は声をひそめた。

「よいな、しゃべるでないぞ」

田部井は黙って頷く。

奥の部屋から声が漏れてくる。以前に聞いた、魚屋の主《あるじ》の声だ。

やはり常陸屋と会っていたのか……。加門は耳を澄ませる。

襖越しの声が聞こえてくる。

「いえ、お役人は見えていません」

主の声に「ふむ」と、崎山の声が返った。

「これからかもしれん、いや、役人と名乗っていくとは限らん。御目付様には徒目付や小人目付《こびとめつけ》という配下がおる。実際に探索をするのは、その者らだ。そやつら、身分は明かさずに、姿も町人などに変えて行くらしい。よいか、迂闊《うかつ》なことをしゃべるでないぞ」

「はい、そのへんは重々、気をつけますので、ご安心くださいまし。あ、それとこれをどうぞ。珍しい菓子が手に入りましたので」

畳の上を擦る音がする。

木箱だな、と加門は察した。菓子とともに、金の粒や小判が入っているのだろう、賄賂まで受け取っているのか……。

廊下を足音が通り過ぎていく。それに続いて、隣の襖の開く音がした。膳が運ばれ、置かれる音が伝わってくる。

「ささ、どうぞ」主の声だ。

「そちらさまも、ご遠慮なさらずに」

用心棒も同席しているらしい。

「このお店の魚はあたしどもから卸《おろ》していますので、どれも逸品です。酒も灘《なだ》の銘酒ですから、ささ……」

衣擦れの音と、器のぶつかる音が伝わってくる。

「あれでございますか」主の窺うような声だ。

「京のお役人の件で、厳しくおなりなのですか」

「そうだ、そなたの耳にも入っていたか」

「はい、賄賂や横領がまかりとおっていたとか。それもお役所の上から下まで、大勢がやっていたそうですね」

「商人もだ」憮然《ぶぜん》とした崎山の声が響く。

「商人が手を結ぶから、動く金も大きくなるのだ。禁裏の件では、商人も多く罰を受けたのだ、それを忘れるでないぞ」

脅すような声音に「はい」と、主の声が返る。

「そのあたりは、肝に銘じておきます」

耳を傾ける加門と田部井の目が合った。眼だけで頷き合う。と、加門は顔を廊下に向け、襖から離れた。

階段を上る音がして、足音がこちらにやって来る。

「お待たせしました」

膳を持った女中二人が、にこやかに膳を据える。

「これは灘の下り酒、こちらは卵のふわふわ、これが評判なんでございますよ。それと、こちらのおひたしが……」

言葉を並べ立てる女中に、

「うむ、わかった、もうよいぞ」

加門は銭を渡す。

「あら、ありがとさんで、ごゆっくりい」

ほくほく顔で女中は出て行った。

隣の部屋の声がやんでいた。

加門はじっと耳を澄ませる。

田部井は、膳を覗き込んで箸を取り上げた。

隣の部屋で衣擦れが鳴った。一人、部屋を出て行く。

廊下を歩く足音は荒い。

用心棒だな、厠《かわや》か……。加門は耳をそばだてたまま、息をひそめた。話はやんだままだ。怪しまれたか……。

廊下の足音が戻って来る。と、前でやんだ。

いきなり、襖が開いた。

開けたのは用心棒だ。

田部井は驚いて箸を落とす。

加門も驚きを大げさに見せた。

用心棒は立ったまま二人を見下ろし、

「やっ」

と、大仰な声を出した。

「これは御無礼、部屋を間違え申した」

その声で、隣と隔てる襖が開いた。

手をかけ、顔を見せたのは崎山だ。

「なにをしている」

用心棒に怒鳴りつつ、目は加門と田部井を素早く見る。

「ありゃ」

頓狂《とんきょう》な声を上げたのは主だ。腰を浮かせ、加門と田部井を見る。

「お武家様方、先日、うちにお見えになった……」

「おう、常陸屋の主か」加門はにこやかに返す。

「奇遇だな」

田部井は箸を拾いつつ、顔を右に左に向けていた。

崎山は二人と主の顔を交互に睨《にら》みつけた。と、

「失礼した」

すぐに襖を閉める。

用心棒も廊下の襖を閉める。

隣から主と崎山のひそめた声がかすかに伝わってくる。なにを言っているかは、聞き取れない。

「行くぞ」

加門は立ち上がった。

田部井も箸を置くと、慌てて加門のあとを追う。

「用を思い出した、勘定を頼む」

てきぱきとすませる加門に続いて、田部井も外へと出た。

歩きながら振り向き、二階を見上げようとする田部井に、加門は「見るな」と制す。

が、すでに田部井の顔は上に向いていた。その窓から顔を覗かせていた崎山と用心棒の目が、田部井を捉える。

「来い」

小さく振り向いて、加門が進む。

慌てて肩をすくめた田部井が、加門に追いつく。

「すみません、つい」

加門はふっと息を吐いた。

「見られた、それに、疑われただろう。この先は気をつけねば……そなた、西の丸に近づいてはならんぞ」

「はい」

うなだれる田部井の肩を、加門はぽんと叩く。

「まあ、起きてしまったことはしかたがない。それより、そなたの家に行こう。禁裏の件、くわしく話す」

「はい」

顔を上げて、田部井は頷いた。

三

加門は自分の屋敷を出て、高橋家へと向かった。空には黄昏《たそがれ》の薄闇が広がりはじめている。と、加門は庭に目を留めた。娘の雪が、菊の手入れをしている。

加門は、先日の兵馬のようすを思い出した。少し、話をしてみるか……。

「雪殿」

加門が寄って行くと、雪は切れ長の目を見開いた。

「あ、加門のおじさま」

御庭番の娘達は、こう呼ぶ者が多い。

「菊がよく咲いているな」

「はい、植木職人に手入れのしかたを教えてもらいました」

ふむ、と加門は菊と雪を交互に見る。

「馬場家の庭にも咲かせれば、喜ばれるだろう。来年、祝言を挙げるそうだな」

雪の顔が菊に向けられた。その目がじっと、白い菊を見つめる。が、再び加門に向くと、口を開いた。

「鈴さんも、縁組みをなさるそうですね」

「え……いや、まだなにも決まってはおらん。鈴が申していたのか」

「いえ」雪は首を振る。

「千江さんに聞きました」

「千江が……」

加門の眉が寄る。進んでもいない話を人にするとは、と加門は千江の顔を思い出す。

夕餉の折に兵馬の話を持ち出した千江は、冷やかすようなどこか意地の悪い笑みを浮かべていた。困ったものだ……。

「なに、鈴もよい歳だからと、うちのが言い出したのだ。鈴は乗り気でなさそうだし、ぼちぼち考えればよいと思うている」

雪はまた菊を見た。

白菊の花を触りながら、

「よいのでしょうか」

と、つぶやく。

「ん、なにがだ」

加門が首を伸ばすと、雪が顔を向けた。

「それでよいのでしょうか。兵馬様は鈴さんを好いておられます」

加門は顔を戻し、身も反らせた。

なんと、と言おうとして声が掠れる。

雪は一歩踏み出して、間合いを詰めた。

「兵馬様は鈴さんを目で追われるのです。わたくしにはわかります。鈴さんも同じお気持ちかと……」

「や……」加門はあとずさる。

「そ、それは、しかし……」

困った、と腹の底でつぶやく。予期していなかったことだ。

うほん、と咳を払うと、加門は背筋を伸ばした。

「雪殿はそう思うているのか、だが、兵馬殿は雪殿を娶《めと》る覚悟、いや、その心づもりでいるぞ。先日、話したばかりだ」

加門は声音をやわらかくする。

「安心しなされ」

そう言って覗き込む加門に、雪は小さく首を振った。

「いえ、そういうことではなく……」

が、そのままうつむく。

雪の白いうなじを見つつ、加門は眉を寄せる。困った、若い娘はわからん……。

うほん、とまた咳を払う。

「ああ、いかん、よけいな話をしてすまなかった。父上はお戻りか、聞きたい話があって参ったのだが」

雪は大きく首を振る。

「今日は宿直《とのい》だと申しておりました」

「む、そうであったか」加門はうしろに下がる。

「では、出直そう」

背を向け、加門は歩き出す。

小さく振り向くと、雪は菊の前に佇んだままだった。

ほう、と加門は息を吐く。兵馬殿が鈴を……それが真なら、ややこしいことになるな……。足を止め、空を見上げる。一番星が光っていた。


朝、早めに登城した加門は、詰所で声を上げた。

「おはようございます」

ゆっくりと襖を開ける。中で文机に向かっていた高橋が「おう」と笑顔を見せた。

「おはようございます、早いですな」

加門も笑みを浮かべ「起きておられたか」と、近くに行く。

「いや、昨日、屋敷を訪ねたのだが、宿直と聞いたのでな」

ほう、と高橋は加門に向き直った。

「用事がおありだったか」

「うむ、先日、馬場殿にも聞いたのだが、禁裏の件をくわしく教えてほしいのだ」

「わかることなら、なんなりと」

胡座《あぐら》を揺らす高橋に、加門は首を伸ばす。

「商家も調べたと聞いたのだが、どのような手口であったのか、知りたいのだ」

「ふむ、手口はありきたりであったな。支払われた中から一部を役人に渡す、というのが多かった。そうすれば、帳面の上では不正は浮かび上がらない。それと、これもよくある手口、賄賂だ。節句《せっく》ごとに役人にそれなりの金が渡っていた。まあ、その金も普段の払いとして受け取ったものから出たものであろう。払いに多く上積みすれば、商人のほうは懐が痛むことはないからな」

「なるほど、よくある手だな。帳面の不正もあったと聞いたが」

「ああ、それは役所のほうだ。払ったことにして、実は一部を懐に入れていた、という不正が多かった。それは上から下まで多くの役人がしておってな、小さな額面で毎月、というやり方が横行していたのだ。役所ではそれが当たり前になっていた、というのだからあきれたぞ」

ふうむ、と加門は腕を組む。

「役所ぐるみでやっていれば、なかなか明るみには出ないな」

「そういうことだ。上も結託《けったく》していれば、気づかれん。だからこそ、長年続いてきたのだろう。禁裏はよそ者を弾く閉ざされた役所ゆえ、よけいに外にばれにくかったに相違ない」

「なるほど」加門は顎を撫でる。

「結託か……」

廊下に足音が鳴り、話し声も聞こえてくる。登城の刻限だ。

「いや、よくわかった、かたじけない」

加門は礼を言い、腰を浮かせる。が、思い直してそれを戻した。

「そういえば、昨日、庭で雪殿と話したのだが……その、来年は祝言を上げるのであろう」

うむ、と、高橋の眉が寄る。

「そうなのだが……なにか言うていたか」

「ああ、いや……」

ふう、と高橋がため息を吐く。

「呉服屋を呼ぼうと言うてもまだよいと首を振るし、不機嫌になったり沈み込んだり、なにを思うているのか一向にわからん」

「そうか」加門も頷く。

「うちの娘二人も、なにを思うているのかわからん。どこも同じだな」

二人の父の目が交わり、苦笑する。

「さて」と、加門は改めて腰を上げた。

襖が開き、

「おはようございます」

と、いくつもの声が入ってきた。

早めに下城した加門は、着物を取り替えた。

町人姿に手拭いで頰被《ほっかむ》りをして、屋敷を出る。

その足で、崎山の屋敷へと向かう。

先日、崎山が下りて来た坂道を上って行く。

はっ、と加門は顔を伏せた。

先日のように、また崎山が下りて来るのを認めたからだ。うしろにはあの用心棒も付いている。

すれ違う、が、こちらを気にするようすもない。

よし、としばらく歩いてから、加門は踵を返した。

二人のあとを追って行く。

神田の街を抜け、二人は下谷《したや》へと入った。

小さな武家屋敷が、道沿いに建ち並んでいる。御家人の屋敷や小禄の旗本の屋敷だ。

辻を二度曲がり、二人はとある屋敷へと入って行った。質素な門から、小禄の旗本であることが察せられる。

加門は戻りながら、屋敷を数える。
一、二、三、四、五、辻から六軒目か……。
加門は辻で振り返った。よし、あとは切絵図《きりえず》で確かめればいい……。

武家屋敷は一軒ずつ書き込まれ、主の名も記されている。

表から二度、辻を曲がり、左、六軒目……。口中でそう繰り返しながら、加門は来た道を足早で戻った。

四

御庭番の詰所で、加門は息子に声をかけた。

「支度をするぞ」

はい、と加門について奥へと行く。

柳行李《やなぎごうり》を開け、二人は着物を着替える。帯を締めながら、加門は振り返った。馬場兵馬がこちらを見ている。

加門は兵馬とその横にいる父仙右衛門に歩み寄った。

「馬場殿、兵馬殿をお借りしてもよいか」

ん、と顔を上げた仙右衛門は、宮地親子の姿を見て、頷いた。

「もちろん……庭掃きだな、仕事を教えてもらえるのはありがたい」

仙右衛門は兵馬を見る。

「御庭番は御下命を待っているだけではだめだ。城中でも町中でも耳目《じもく》を働かせ、怪しい動きがあれば調べる、そして上に報告するというのも、大事な役目。宮地殿は常に目配りをしておられる、そなたも学ぶがよい」

「はい」

兵馬も奥へと移る。

質素な着物に替えた三人は裏から外へと出た。

立てかけてある竹箒を手に取ると、加門は大きな笊を目で示した。

「草太郎、その笊も持って行け」

「あ、わたしが」

兵馬が手を伸ばす。箒と笊を手にして、兵馬が加門にそっと問う。

「で、どちらに」

「三の丸だ」

歩き出す加門に、若い二人が従う。

三の丸の下勘定所が見える場所で、加門は二人に指示を出す。

「草太郎は向こう、兵馬殿はあちらを掃いてくれ」

「はい」

若い二人は指示に従い、散って行った。

下勘定所のある所は濠に挟まれて狭く、木立は少ない。が、濠を隔てた二の丸の庭から、風に吹かれた落ち葉が飛んで来ていた。

加門は竹箒を動かしながら、下勘定所の戸口の見える場所に近づいて行った。

横目で戸口を窺う。まもなく下城の刻限だ。

やがて役所の中が騒がしくなった。仕事を終えた役人らが、下城の支度をはじめたに違いない。

加門はそっと近寄りながら、昨日、確かめたことを頭の中で反芻《はんすう》した。切絵図で確かめると、崎山が訪れた屋敷の主は、根元光之《ねもとみつゆき》という名であることがわかった。名がわかれば、役人名簿の『武鑑《ぶかん》』で調べればよい。名を見つけた加門は、やはり、とつぶやいた。根元光之は勘定所の組頭であったのだ。

家紋は丸に二の字であったな……。出て来る役人の肩を見る。白く抜かれた家紋が目印だ。

出て来る役人は、誰も加門らを見ない。目に入っても、ただの庭掃除として見過ごしていく。掃除も一人では目に付くが、三人いれば不審に思う者はいない。

お、と加門は顔を伏せた。現れたのは田部井だった。

田部井はそそくさと役所から離れて行く。また、絡まれるのを避けるためだろう。

が、その背後から声がかかった。

「田部井、待て」

出て来たのはやや年配の男だ。

加門は、あ、と息を呑んだ。家紋は丸に二の字だ。あれが根元か……。

追いついた根元は、

「ちょっと、来い」

と、田部井の腕を引く。

戸口から離れ、木立の陰へと引っ張って行く。

よし、と加門もそちらに寄る。ちょうど、笊が置かれていた。それを取り行くふうを装って、加門は笊の前にしゃがんだ。

間合いはそこそこある。根元はこちらを気にしていない。

背を向けたまま、加門は耳を澄ませた。

「なんでしょう」

田部井の揺らいだ声に、根元が声を太くする。

「そなた、まさか魚屋に行ったのではあるまいな」

「さ、魚屋とは……どこのでしょうか」

「御用達の常陸屋だ」

加門は小さく目を向けた。根元が覆い被さるように、田部井に詰め寄っている。そうか、と加門は腑に落ちた。崎山は昨日、その話をしに根元を訪れたのだな、先日怪しい者がいた、その男の人相は、と……。

「ひ、常陸屋……知りませんが」

田部井が首を振る。

「真か、とぼけておるのではあるまいな」

「いえ、真に……魚屋にはときおり目刺《めざ》しを買いに行きますが、御用達の大店なんぞには行けません」

よし、うまいぞ、と加門は口中でつぶやく。

「そなた……」

根元が落ち葉を踏む音がした。田部井もあとずさる。

「御庭番らしきお人と話しをしているのを見た、という者もいるのだ。まさか、よけいなこと言うたりはしていないだろうな」

「お、御庭番……」

田部井の声がさらに揺れる。加門は少しだけ、顔を巡らせた。

「ああ」と、田部井が手を打つ。

「あれは医官の藪様です。先輩方に当たられて転んだところにちょうど通りかかられて、手当てをしてくださったのです。いやぁ……」

田部井は声を高めた。

「どうもわたしは気に入られていないようで、なにかとお小言を頂戴することが多いのです、どうしたらよいのでしょうか」

くっ、根元の喉が鳴った。

「もうよい、行け」

根元が背を向け、役所へと戻って行く。

田部井が大きく息を吐く音が聞こえてきた。

加門は振り返り、去って行く田部井のうしろ姿を見て目を細めた。よいとぼけかただったぞ、田部井殿……。

さて、と加門は立ち上がる。

「戻るぞ」

二人に声をかける。

「あ、では」

兵馬が駆け寄って来て、笊を手に取った。

「落ち葉を入れて、帰りがてら隅に持って行きましょう。そのほうが自然かと」

ほう、と加門は目を見開く。

「兵馬殿はよく気がつく」

「いえ」と箒で落ち葉をかき入れる。

「探索の修業になりました。またお声をおかけください」

うむ、と加門は草太郎を見た。

「兵馬殿の真面目さ、そなたも見習うといい」

「はあ、そうします」

草太郎は頷き、一緒になって落ち葉を集めはじめた。

その横で加門は下勘定所を見つめる。

結託、か……。そうつぶやいて、眉を寄せた。


行灯《あんどん》の灯りを眺めていた加門が、すでに布団に横になった千秋を振り返った。

「なあ、鈴と千江は仲が悪いのか」

え、と千秋は起き上がる。

「なんです、急に。なにかありましたか」

「ううむ……高橋家の雪殿に、鈴に縁組みが持ち上がっていると千江が話したそうだ。前に兵馬殿のことを冷やかすふうもあったし、ちと気になってな」

「まあ、なにゆえにそのようなことを言ったのでしょう、まだなにも決まってもいないというのに」

顔をしかめる千秋に、加門も頷く。

「軽はずみなのか、噂を広めたいのか、よくわからん。男兄弟は張り合う気持ちが強く、仲が悪いことが多いと聞いたことがある。姉妹にもそのような仲違《なかたが》いはあるのか……そなたには姉がいたからどうだ、わかるか」

「そうですね」千秋は眉間を狭める。

「姉妹は仲がよいところは本当によいけれど、悪いところは本当に険悪……そう言えるでしょうね。男同士や女同士というのは、どうしても妬みが出やすいものです。わたくしも姉上から、もっと慎みなさいとよく叱られました。その頃は得心できませんでしたけれど、あとになってわかりました。姉はわたくしが好きに振る舞うのが腹立たしかった、いえ、しゃくに障ったのでしょう」

「ふうむ、そういうものか。男も女も変わらんな」

「ええ、なれど……」千秋は夫を見た。

「それがあったからこそ、わたくしは娘二人、気を配って育てたのです。どちらか一方を贔屓《ひいき》しない、褒めるときも叱るときも二人一緒、競う気持ちを持たぬようにと、常に心してきましたのに……」

「うむ、そなたはようやってきた」

言いつつ、もしや、と加門は首をひねる。わたしになにか非があったろうか……。

「わたしも分《わ》け隔《へだ》てはしてきておらんと思うがな」

「ええ、なれど、親のつもりはあくまでもつもり。子の心の内はわかりません。わたくしも、言いつけをよく守る姉上のことを、胸の奥で嫌う気持ちがありましたから」

「ううむ、そうか」

千秋が拳を握る。

「わたくしから千江に問うてみます、どのようなつもりで言うのか」

「ああ、いや、それはよい。騒ぎ立てると鈴がかわいそうだ」

「そう、でしょうか」

「うむ、兵馬殿と雪殿の祝言がすめば、気持ちも切り替わるだろう。それまではそっとしておこう」

はい、と千秋も頷く。

「そうですね、縁組みはそれから考えることにしましょうか」

「ああ、今更、慌てることはあるまい。まあ、だから、千江にも波風を立てないよう、それとなく言うくらいでよい、おいおい、な」

「はい、そうします」

千秋は面持ちを弛めて布団に身を戻す。

加門も行灯の火を消した。

五

外桜田門を出た加門は、濠端を見てぎょっと目を瞠《みは》った。

着流しに笠を被った男が立っている。

田部井だ、とひと目でわかった加門は足早に近づいた。

横に行き、

「歩こう」

と、声をかける。

「やや」と田部井は笠を持ち上げた。

「わかりましたか」

ふっと加門は苦笑をもらす。

「わたしにはわかる。だが、よい考えだ、ほかの者にはわかるまい」

いやぁ、と田部井も照れ笑いを見せるが、すぐに真顔になった。

「あの、こうしてお待ちしていたのはわけが……実は、昨日……」

「うむ、根元光之殿に詰め寄られていたな」

ええっ、と田部井は身を反らす。

「なにゆえ、それを……」

加門はふっと笑みを向けた。

「庭掃除をしていた者がおったであろう」

はあ、と田部井は目を動かす。

「あ、まさか、あれが……」

「そうだ」

加門はにやりと笑う。

はあぁ、と田部井は首を振った。

「いや、御庭番というのは、実に……あ、では、根元様のこともとうにご存じだったのですか」

「証もないのに、といって取り合ってくれなかった組頭というのは、あの根元光之殿のことか」

「そうです」

「ふむ、わたしは知ったばかりだ。崎山殿のあとを付けたら、行った先が根元家だったのだ」

「えっ、崎山様が根元様を訪ねたのですか」

驚きを顕《あら》わにする田部井に、加門は頷く。

「おそらく、崎山殿は根元殿と手を結んでいるのだろう。不正のこと、目こぼしをしてもらう替わりにいくばくかを渡している、とそんなところだろう。よくある手だ」

はぁ、と田部井が空を見上げる。

「やはり、ですか。わたしも昨日、根元様に問い詰められて、そのときにはとぼけるのに必死でしたが、家に戻ってから、はたと気がついたのです。なにゆえに、根元様はわたしが常陸屋をさぐったことをご存じなのだろう、と。で、考えて……」

「うむ、そこに思い至るであろう、それで間違いあるまい」

濠沿いに坂を下りながら、田部井は腕組みをする。

「ううむ、不正が明るみに出なかったわけだ……しかし……」

田部井は加門の顔を覗き込む。

「そうなると、どうすればよいのでしょう」

「そうさな、常陸屋を問い詰めても、まっとうな商いだ、としらを切るだろうな。その額面にあった魚を納めているのだと言えば、それを覆すのは難しい。魚は跡形《あとかた》も残らないから、過去を遡《さかのぼ》って調べることはできんしな」

「はい、活きがよいから高いのだと言いそうですね。月に三両ほどの高であれば、吟味役も判じるのは難しいかもしれません」

「うむ、そのあたりのことを考えての手口であろう。まして、勘定方がそれをわざと見過ごしにしていた、などというのは、さらに証立てるのが難しい」

加門の言葉に、はあ、と田部井は溜息を吐く。

「不正はわかっているのに、訴えることができないとは……」

「いや、あきらめることはない、手立てを考えよう」加門は田部井の背を叩いた。

「不正の額は小さいが、放っておけばずっと続くだろうからな」

それに、と腹の底で思う。このような不正は、おそらく方々《ほうぼう》の役所でも行われてきたはず。一つ明るみに出れば見せしめとなって、綱紀粛正《しゅくせい》の助けになろう……。

坂を下りきって、加門は立ち止まった。

「では、わたしはここから戻る。田部井殿、気をつけるのだぞ。当面、下手《へた》に動かぬほうがよい」

「はい、しらを切ったつもりでしたが、根元様の疑いは晴れていないようです。今日も、時折、わたしを睨《ね》めつけておりましたから」

「そうか、では、おとなしく、な」

はっ、と田部井は腰を折った。

「ではこれにて」

濠沿いに曲がっていく。

そのうしろ姿を見送った加門は、おや、と踏み出そうとした足を止めた。

田部井と同じような笠を被った男が、数寄屋橋御門《すきやばしごもん》の前を歩いている。

あの男……。と、加門はじっとみつめた。崎山藤七郎の用心棒ではないか……。

田部井はそれに気づかず、用心棒も田部井には気づかず、二つの笠はすれ違って行った。


翌日。

屋敷の廊下に出た加門に、千江が「きゃ」と声を上げた。

口を押さえつつも、まじまじと顔を見て、

「まあ、父上でしたか」

と、肩を下げた。

「うむ、どこぞの爺《じじい》かと思うたか」

加門は白い眉毛を動かす。

「はい、お客様かと……眉だけでなく鬢《びん》も白いので、ずいぶんなお年寄りに見えます」目を丸くして、首を寄せてくる。

「白い毛を付けたのですね、まあ、本物のよう」

「狐《きつね》の胸と尻尾《しっぽ》の毛だ」

眉毛を撫でながら、加門は歩き出す。

「行ってらっしゃいませ」

千江の声を背に、加門は屋敷を出た。

まもなく下城の刻限だ。

加門は年寄りらしい重い足取りで、数寄屋橋御門に向かう。

城を囲む濠には多くの御門がある。御門は身分によって、通る御門が大まかに定められている。高位の者はどの御門を通っても障りがないが、下級武士は格式の高い御門は避けるのが普通だ。大手門《おおてもん》などは、大名や旗本などが出入りするため、御家人らは近づかない。御家人は登城や下城のさい、格の低い数寄屋橋御門を通ることが多い。

加門は老武士の姿でやや腰を曲げ、御門に寄って行く。もうすぐ田部井が出て来るはずだ。

下城の武士らが、御門を抜け、橋を渡ってこちらへとやって来る。

加門は歩きながら、遠巻きに見詰めた。

あ、と加門は目を見開く。昨日見かけた用心棒が町からやって来た。また、同じ笠を被っている。

用心棒も御門を見ながら、ゆっくりと橋の前の広小路を歩く。同じように歩く加門とすれ違うが、白髪《しらが》の老人を気にするようすもなく、そのまま行き過ぎた。

一度、通り過ぎ、また戻る。

やはり、田部井殿を待っているのだな……。加門は、唾を呑み込んだ。

御門から田部井が現れた。

辺りを気にするふうもなく、橋を渡って来る。加門は近寄って行くが、田部井もやはり加門には気づかない。

田部井は左に曲がって、屋敷のある神田へと歩いて行く。

用心棒もその背後に付いた。

加門も間合いを取って歩き出す。

先を行く田部井も用心棒も、振り返ることはない。

田部井殿の屋敷を突き止めるつもりか……。加門は胸中でつぶやく。

道は人通りが多く、田部井の屋敷までそれは変わらない。

加門は逸らした目の端で、用心棒を見続ける。凝視すれば、気配を察せられるだろう……。そう考えつつ、加門は肩に力を込めた。進むに連れ、用心棒からは、殺気が伝わってきていた。

口封じをするつもりか……。加門は腹にも力を込めた。だが、人の多い道で斬りつけることはすまい……。

田部井の屋敷が見えてきた。すでに辺りは、暮れはじめている。

簡素な木戸門を開けて、田部井は中へと入って行った。屋敷を囲むのも、簡素な板塀だ。

用心棒は屋敷の前を通り過ぎた。

同じような造りの御家人屋敷が並んでおり、屋敷を隔てる横は一枚塀だ。

並んだ屋敷はその先で途切れる。用心棒はその角をまわり込んだ。

裏口にまわるつもりか……。加門は踵を返すと、田部井の屋敷に駆け込んだ。

声をかけないまま、戸を開けた。

その音に、田部井が奥から顔を出した。

「誰か」

土間にいる人影に、田部井は慌てて姿を消し、刀を持って戻って来た。

「何者」

長刀を腰に差しながら、廊下に立った田部井が身構える。

「しっ」と指を立て、加門は土間から上がり込んだ。

「わたしだ」

「え」

柄《つか》に手をかけて、田部井は目を見開く。

近づいて来る加門に、田部井は「ええっ」と声を洩らした。

「み、宮地様……」

「静かに」加門は眉根を寄せる。

「崎山の用心棒が来ているのだ」

加門は裏へと顔を巡らせた。

「数寄屋橋御門から付けられていたのだ。あの殺気、そなたを殺す気かもしれん」

「こっ、ここ……」

漏れた声に、田部井は慌てて口を押さえる。

加門は脇差しに手をかけた。

「家の中では長刀は扱いにくい。そなたも脇差しを抜け」

「は、はい」

長刀を腰にしたまま、田部井は脇差しを持って来た。鞘《さや》を差し、鯉口《こいぐち》を切る。

よし、と加門は頷いた。

「裏から入って来るはずだ。勝手口は廊下の奥か」

「はは、はい、突き当たりが台所です」

「では、ここで待ち受けよう」

加門は袖を引いて、部屋へと入り込んだ。

「声を立てるでないぞ」

障子の陰で、じっと耳を澄ませる。

裏の戸が開く音がした。

「来たな」

加門はささやくと、脇差しを抜いた。

田部井も手を震わせながら、抜刀する。

土間を歩く足音が、廊下を歩く足音に変わった。

手前の部屋で止まる。中を窺っているのだろう。が、いないとわかったらしく、足音がまた鳴った。

「き、来ます」

田部井が唾を呑み込む音が鳴る。

「そなたは動かずにいろ」

加門のささやきに、田部井が頷く。その喉がまた鳴った。

足音が止まる。

加門は柄《つか》を握り直す。

廊下を蹴る音が立った。

刀を構えた用心棒が姿を現す。

加門がその前に立った。

うっ、と用心棒の喉が鳴る。

思ってもいなかった相手に、用心棒の目が開いた。と、すぐに背後の田部井に気づいて「このっ」と、刀を振り上げた。

加門の横から、突っ込んでいく。

「そうはさせん」

加門が横に飛び、刀を受けた。

刃のぶつかる音が響く。

「爺、どけっ」

用心棒の怒声が飛ぶ。

加門は刃を下ろすと身体ごと、体当たりをした。

用心棒の身が飛び、庭へと落ちる。

「くっ、この……」

身を起こす男に、加門は廊下から、刃を振り上げた。

が、用心棒は刀を脇に引くと、やあ、と突いてくる。

それを躱《かわ》したものの、加門は足元が揺らいだ。

「危ないっ」

田部井が飛び出してくる。

そこに、用心棒が身を伏せた。

下から田部井の喉元を狙う。

「下がれ」

加門がその刃を打つ。

切っ先が逸れ、田部井の胸を掠った。

「うわあっ」

田部井が切り裂かれた着物を押さえる。指のあいだから、血がにじみ出た。

「このっ」

加門が刃を振り下ろす。

刃が用心棒の腕を斬った。

うっと、呻いて用心棒が腰を曲げる。

加門は柄をまわすと、峰でその首筋に打ち込んだ。

呻き声とともに、男は地面に膝をついた。

「何事か」

横の塀の上から顔が覗いた。胸を押さえる田部井に、

「やや、田部井殿っ……」

その顔が引っ込む。隣人はすぐに門から駆け込んで来た。

「いかがした」

駆け寄る隣人に、

「医者を頼む」

加門は用心棒を押さえ込みながら、声を投げかけた。

「わかった」と、その男が出て行くと、

「どうした」

反対側からも隣人が走り込んで来た。加門は手を上げる。

「番屋に行って、怪しい浪人を捕まえたと知らせてくだされ、いやその前に縄を」

加門の言葉に縄を持って戻って来る。その縄で、用心棒の腕と足を縛り上げると、

「役人を呼んでくる」

と、駆け出して行った。

「大丈夫か」加門は田部井の胸の傷をのぞき込み、手拭いで押さえた。

「うむ、浅い傷だ、大事ない」

「あ、はあ……」田部井は口を震わせながら、庭に転がされた用心棒を見た。

「なんとも……」

睨めつける用心棒を、田部井は呆然《ぼうぜん》と見る。

加門は田部井の耳にささやいた。

「これで事を明らかにできる。解決だ」

あ、と田部井の口が開く。

加門は大きく頷いて見せた。

翌日。用心棒は幕臣を襲った科《とが》で、伝馬町《てんまちょう》の牢屋に入れられた。浪人は町人と同じ扱いになる。ために、町奉行所で厳しい詮議《せんぎ》を受けることとなった。

役人の責め問《せ ど》いに、ほどなく男は崎山藤七郎に雇われたことを白状した。

科人が武士であれば、扱いは評定所に移される。

西の丸賄頭崎山藤七郎は、評定所で吟味を受けることが決まった。

六

師走の木枯らしを背に受けて、家の玄関を開けた加門は、おや、と土間を見下ろした。見慣れない赤い鼻緒《はなお》の草履がある。

「おかえりなさいませ」

出迎えた千秋に、目でそれを示すと、妻はそっと顔を寄せてきた。

「高橋家の雪さんが見えているのです」

「雪殿が……」

上がりながら頷く加門に、千秋は困惑の面持ちを更に寄せてきた。

「それが、いつもとは違うのです。泣いて走って来て……その、頬が打たれたようで真っ赤でした」

「打たれた……」

驚く加門に、千秋は頷く。

「千江が相手をしています。なにがあったのか、訊いてよいものかどうか……」

ふうむ、と加門は奥へと進んだ。

着物を着替え終えると、廊下から声がかかった。

「父上、よろしいですか」

千江がいつにないかしこまったようすで、廊下に手をつく。

「うむ、なんだ」

つっと、入って来ると、千江が小声になった。

「雪さんの話を聞いて差し上げてください」

加門は着物を掛けている千秋と眼を交わす。

「よし、ではこちらにお連れしなさい」

はい、と出て行った千江は、すぐに雪を伴って戻って来た。

夫の隣に座った千秋は穏やかに、娘らを見る。

「わたくしも聞いてよろしいかしら。それと、鈴はどこに」

「姉上は奥へ行ってしまいました」

ふむ、と加門は腕を組む。雪の話を聞きたくなかったのか……。

「鈴も呼んできなさい」

はい、とまた千江は出て行くと、姉とともに戻って来た。

鈴は母のうしろに座ると、涙のあとが光る雪の顔をそっと窺った。

加門は雪に、目を向ける。

「さて、どのようなことか、遠慮なく申されよ」

雪は顔を上げた。左の頰には、まだ赤味が残っている。しゃくり上げるような息をして、なかなか言葉が出て来ない。

千江が代わりに身を乗り出した。

「縁組みのとりやめをお父上にお願いしたそうです」

「とりやめ」

加門と千秋の声が揃った。

鈴が膝行して、前に出て来る。

雪は大きく首を振った。

「はい」

「ううむ、それで父上が手を上げられたのか」

「はい」

「だが、なにゆえに……」

加門の言葉に、千秋がやさしく続ける。

「わけがあるのでしょう、聞かせてくださいな」

雪は丸めていた背をまっすぐに伸ばした。

「わたくしは、身代わりで嫁ぐのがいやなのです」

「身代わり……そうか」加門は顎を撫でる。

「兵馬殿の最初の許嫁は姉上であったな」

「はい、その姉上が病で世を去ったので、わたくしがその後釜《あとがま》に据えられたのです」

「後釜などと……」千秋は首を振る。

「せっかく結ばれたご両家の縁を、お父上方は切りたくなかったのでしょう」

「なれど……」雪の目に涙が浮かび、見る間にあふれて落ちた。

「身代わりは身代わりです」

「ええ」千江が拳を握る。

「わたくしは雪さんの気持ちがわかります。わたくしだって、姉上の代わりにと言われたら、いやです」

「これ、そのようなことを」

千秋の叱責に、千江は首を横に振る。

「いえ、真《まこと》の気持ちです。縁組みは家同士のことなれど、誰でもいいというのは納得がいきません。そんなふうに嫁いだら、一生、気持ちが晴れないことでしょう」

雪が頷き、千江の手に己の手を重ねる。

「千江さんはわかってくださるのです、なので、すみません、思わずこちらに駆け込んでしまったのです。来年になれば、祝言の話が進むことでしょうし、年が明ける前にと、気が急《せ》いて……」

雪の手の上に、更に自分の手を重ねて千江が頷く。

「一生のことですもの、我慢などすれば、死ぬときに後悔するわ」

その語気の強さに、加門は言葉を呑み込んだ。思わず千秋と鈴を見る。

千秋は戸惑いつつも目顔で頷く。鈴は身を乗り出して妹を見つめていた。

ううむ、と加門はまた腕を組んで、天井を見上げた。よもや、このようななりゆきになろうとは……。

その沈黙を、表から大声が破った。

「ごめんくだされ」

あ、と加門は千秋に目顔を送る。高橋の声だ。千秋は頷いて、玄関へと出て行く。

廊下をやって来る声には、馬場仙右衛門の声も加わっていた。

「宮地殿」

高橋と馬場が廊下に膝をつく。その横には兵馬もいた。

「ご迷惑をおかけいたした」

「ああ、いやいや、さ、中へ」

加門は三人を招き入れる。

かしこまる三人を、加門は順に見た。

「雪殿から話は聞きました」

「はあ、なんとも……」高橋は渋面《じゅうめん》を作る。

「手前勝手なことを言い出し……かような娘を育て、面目《めんぼく》ないことです」

娘を睨む高橋に、馬場は穏やかに首を振った。

「いや、改めて考えてみれば、雪殿の気持ちももっともなこと。こちらも思慮が足りませんでした。高橋殿とは二人で組むことが多く、親戚づきあいを深めたいという思いが先走っていたようです」

「いや、それはこちらも同じ。子の思いよりも己の考えばかりで」

仙右衛門は首筋を掻く。

加門は、「ほう」と二人の父を見る。

「では、雪殿の願いは……」

「はい、聞き入れることにしました、仙右衛門殿もそれでかまわぬ、と言うてくださったので」

高橋が娘を見る。雪は己を抱くようにして、深い息を吐いた。

「兵馬殿も」加門は黙ったままの息子を見た。

「それでよろしいのか」

「はい」

兵馬は膝の上でぐっと拳を握る。

「いや、それが」仙右衛門が手を上げた。

「その上でこやつめが、とんでもないことを言い出したのです。雪殿と縁組みをやめにするのなら、わたしにも願いが、と……」

兵馬が鈴を見る。

二人の眼が宙で合った。

鈴の頰がみるみる赤くなった。

仙右衛門は鈴と加門を交互に見た。

「兵馬めは鈴殿をもらいたい、と、こう申しておりまして……いかがでしょうか」

手をつき、加門を窺う仙右衛門に、加門も慌てて手をついた。

「や、それは……」と、娘を見る。

「願ってもない……でよいのであろう」

鈴は真っ赤になった顔で頷く。

兵馬の口から、大きな息がこぼれる音がした。

「ほう、よかった」

仙右衛門も同じく息を吐いて、曲げていた身体を伸ばした。

「うむ、これで収まりが付いた」高橋もやっと面持ちを弛めた。

「雪が勝手を言い出したときはどうすればよいのかと、頭を抱えまして……が、こんなふうに収まるとは、ありがたい限りです」

その腰を再び折った。

「いや、お騒がせをして申し訳ないことでした。それ、そなたも謝りなさい」

雪の背を押す。

「すみませんでした」

深々と頭を下げた雪は、晴れ晴れとした顔を上げた。

「ああ、よかった」

千江がつぶやく。

加門と千秋が見ると、千江は小さく肩をすくめた。

なんと、と加門は娘を改めて見る。千江はこうなることを狙って、姉を冷やかしたり、雪殿に鈴の縁組みを話したりしていたのか……。

千秋もそれを察した目で、夫を見る。

夫婦は苦笑を殺して、頷き合った。

「いやあ、こうなれば」仙右衛門は笑顔で一同を見る。

「年明けとともに、一から仕切り直しということでよろしく願います」

「は、こちらこそ」

加門も笑顔になった。

「鈴、しかと気構えを持つのだぞ」

「はい」

赤いままの顔で頷くと、兵馬も耳を赤くしてうつむいた。

第五章　秘された布石

一

安永四年（一七七五）の年が明け、一月も下旬になった。

「田部井殿、おられるか」

加門はすでに馴れた屋敷の戸を開ける。

「これは、宮地様」出迎えた田部井は恐縮する。

「このようにたびたびお運びいただいては……」

「なに」と加門は勝手に上がり込む。

用心棒に襲われてけがを負ったため、田部井は養生を続けている。

風呂敷を開いて、加門は経木《きょうぎ》の包みを差し出した。

「五目《ごもく》の握り飯だ、晩飯にするといい」

「これは……かたじけのうございます。奥方様によろしくお伝えください」

「傷の具合はどうだ」

「はい、もう、すっかりよくなりました」

斬られた胸に手を当て、田部井はにこりと笑う。

「一昨日も、評定所に呼び出されたそうだな。組頭の根元光之殿も詮議を受けているというではないか」

「はい、根元様が賄頭と通じていると思われます、と申したところ、すぐにお呼び出しを受けたようです」

「ふむ、崎山藤七郎はいまだに言い訳を重ね、科《とが》を認めようとしないらしいがな」

「そうなのですか」

「ああ、御目付の田沼意致殿から聞いた。だが、魚屋のほうも帳面を調べているそうだから、まもなく、すべて明らかになるであろう」

「はあ、なればよいのですが」

田部井の顔がどことなく暗い。

加門は、首をひねる。

「なにか、気にかかることがあるのか」

はあ、とさらに顔を伏せる。

「実は先日、久しぶりに下勘定所に行ったのです」

「ほう……どうであった」

「誰も、わたしを見ませんでした」

そうか、と加門は顔を逸らす。予期はしていたことだが……。

田部井は苦い顔を上げた。

「甘かったと知りました。何人か……ほんの二、三人でも、味方をしてくれる人が出るのではないかと思うていたのですが、誰一人……皆、わたしを避けていきました」

ふむ、と加門は田部井の肩をつかむ。

「だが、そなたは正しいことをしたのだ。胸を張っておれ」

「ですが」田部井の顔が歪む。

「もう、役所には戻れないかもしれません。皆を敵にまわしたのだと、今更ながらにわかりました」

ううむ、と加門は肩をはなす。

「そうさな……しかし、勘定所での務めが認められ、ほかのお役に就けるかもかもしれん。そう悲観することはない」

「そうでしょうか」

ほうと息を吐く。

「そうだとも、悪い決めつけは、気力を損なうだけだ」

加門は腰を上げた。

「わたしも詮議のために呼び出されてな、近々、評定所に行くことになっている」

立ち上がった加門を、田部井は見上げる。

「そうなのですか」

「うむ、探索したことは書状にして出してあるが、それを詮議の場で話すのだ。そなたのこともちゃんと伝えるゆえ、今は先のことを案ずるな」

加門の笑みに、田部井もやっと笑顔を見せ。立ち上がった。

「ありがとうございます」

深々と腰を折る田部井に、加門は、

「また、参る」

と、背を向けた。

屋敷に戻った加門を、

「父上、ご覧ください」千江が出迎えた。

「姉上のお嫁入り道具が届きました」

ほう、と付いて行くと、陽射しの明るい廊下に、箱物などの小物が並べられていた。

「これは鏡、こちらはお裁縫箱《さいほうばこ》、これは化粧箱《けしょうばこ》です」

千江が手に取る。

「まあ」と千秋がたしなめる。

「まだ鈴が触っていないのに、なんです」

いいえ、と鈴は微笑んだ。

「よいのです、千江には好きにさせてあげてください」

千江は肩をすくめながらも、縁組みをつなげた手柄を誇るように、胸を張った。

ふむ、と加門は横に座って、ひととおりを見渡した。

「これだけでよいのか、要る物は遠慮なく言うてよいのだぞ」

「これで充分です」鈴は首を振る。

「これまで使っていた物もありますから」

「しかし、使い古した物を持って行くなど……」

加門の言葉を千秋が遮る。

「馬場家でもそうするそうです。婚礼衣装も初代の祝言で使った物を着てほしい、と言われましたし」

元は御家人からはじまった御庭番は、質素が身についている。

「ふむ、そうか、なればよいが」

加門は鏡を手に取る鈴を見つめた。

「縁は結ばれたな、そなた、こうなると思うていたのか」

「いいえ……なれど、どこかで信じていたような気もします」

鈴が顔を上げると、千江が身を乗り出した。

「あら、縁はたぐり寄せたから結ばれたのです。なにごともただ待っているだけでは、通り過ぎて行ってしまいます」

うむ、と加門は笑う。

「そうさな、手を伸ばし、捕まえるのは大事だ」

はい、と千江は微笑む。

「次は兄上の番ですね、おまかせください」

「まあ、心当たりがあるのですか」

母の問いに、千江は指を立てる。

「はい、あの方かあの方……なれど、今は秘密です」

「そうか」加門は頷く。

「娘御のことは、普段からつきあいのある千江のほうがくわしいであろうしな。よし、まかせよう」

まあ、と千秋が睨む。

「そのようなことを軽々しく……縁組みは家同士の大事ですよ」

「あら、なれど」千江は両親を見る。

「父上と母上は好き合うて夫婦になられたのでしょう。わたくしもそれが一番よいと思っています」

加門は咳を払う。

千江は背筋を伸ばした。

「ですから、わたくしも自分で決めます」

え、と皆が見るなかで、千江は頷く。

「はい、親同士で勝手に話を進めないでくださいね」

にっこりと笑う。

加門はつられて笑いを放った。

「そうか、なれば好きにしろ、千江は母上に似たな」

まあ、と千秋は頬を膨らませる。が、すぐにそれを弛めた。

「そうかもしれませんね」

小さく笑う母に、娘達も笑顔を向けた。


呉服橋御門近くにある評定所。

詮議のための座敷の隣、控えの間で加門は待っていた。襖の隙間から、そっと中を見る。

さほどの大事ではないため、重臣などはいない。評定所と町奉行所の役人、それに勘定奉行、西の丸目付田沼意致が並んでいた。

詮議を受ける側でかしこまっているのは、西の丸賄頭の崎山藤七郎だ。

「御庭番宮地加門殿、入られよ」

声がかかり、加門は入って行く。と、崎山に横顔を向けて座った。

崎山は腰を折り、顔を伏せたままだ。

「崎山藤七郎、面《おもて》を上げよ」

役人の声で、その顔が上げられた。

「この者を見よ」

役人が手にした扇《おうぎ》で、加門を示す。

崎山は小さく顔を上げた。

眼を動かし、加門の顔を見る。しばし、目を留めたあと、「あっ」と声を洩らした。

「覚えていたか」

加門がにっと口元を歪ませた。

唾を呑み込みながら、崎山が再び顔を伏せる。

そこに評定所役人の声が降った。

「崎山藤七郎、御庭番宮地加門殿と両国の料理茶屋で顔を合わせしこと、忘れてはおるまいな」

畳についた崎山の手が震える。

「よ、よく顔を見たわけではなく……どなたかということも……あ、いえ……」

崎山は小さく顔を上げた。

「どなたか、ということは聞きました。その場におりました常陸屋の主は、店に来たことがあるとお方だと……さる大名家のご家来だと言うておりました、お人違いなのではないでしょうか……」

「ほほう」役人が扇を揺らす。

「この期《ご》に及んで、なおもしらを切るか……では宮地殿、その折のこと、お話しくだされ」

「は……」

加門は田部井との出会いからはじめて、細かに語る。

話が進むに連れて、崎山の手の震えは増していく。

料理茶屋で聞いた、常陸屋とのやりとりも詳《つまび》らかに語る。

ぶるぶるとした震えは、崎山の手から肩まで上がっていた。

加門は声音《こわね》を改めた。

「わたしははっきりと顔を覚えております。その料理茶屋で顔を合わせたのは、この崎山藤七郎殿に間違いありませぬ」

きっぱりとした言葉に、崎山の肩が下がった。

額が畳につきそうになる。

「ふむ」と町奉行所の役人が身を乗り出す。

「しらを切ろうとすればするほど、心証は悪くなる。潔《いさぎよ》く観念したほうがよい」

崎山の額が畳についた。

「お許しください」

役人らのあいだに、息が漏れた。

「なれば、包み隠さずに申せ」

詮議が一気に進み出した。

加門は退出することなく、最後まで聞いていた。

「今日はこれまで」

詮議が終わり、崎山は引き立てられた。

「牢屋敷に連れて行け」

役人の言葉に、崎山は顔を強ばらせる。が、その顔をゆっくりと伏せると、引きずるような足取りで歩き出した。

それを見送る加門に、意致が近づいて来た。

「来ていただけて助かりました」

会釈する意致に「なに」と笑みを返す。

「正しいお裁きが下されるためには、労は惜しまん。これで田部井殿も報われるというものだ」

「ああ」意致も目元を弛める。

「あの田部井という役人は、見所《みどころ》がありますね。役所に入れば大勢《たいせい》に呑み込まれるのが普通でしょうに、不正を暴こうなどと」

「うむ、わたしもはじめは若さゆえ、世を知らぬゆえかと思ったのだが、つきあってみてわかった、不正を見過ごすことのできぬ気概《きがい》があるのだ」

「はい、わたしもそう思いました。勘定所にいるよりも、いっそ……」

考え込む意致に、加門が頷く。

二人の目顔が交わされた。


その日以降、詮議は進んだ。

勘定組頭の根元光之は、あっけなく口を割った。

若い頃からの道場仲間であった崎山に頼まれ、帳面はすべて通していた、と認めたのだ。その代わりに、節句ごとに多少の金を受け取っていたという。

つぎつぎに明るみに出ることで、常陸屋も観念して不正の真相を白状していた。


二月。

沙汰が下り、崎山藤七郎には死罪、勘定組頭根元光之は士分召し上げ、常陸屋の主には遠島が下された。

「まさか、死罪になるとは……」

そう狼狽《うろた》える田部井の肩に、加門は手を置いた。

「禁裏の件があるゆえ、甘くはできなかったのだ。そなたのせいではない」

はあ、と言いつつ、田部井はうなだれた。

加門はその肩をぐっとつかむと、

「不正を行った者には罰が下る。そういうことだ」

重い声で言った。

田部井は、唇を噛んで頷いた。

数日後。

田部井の顔を思い浮かべながら、加門は下城の道を歩いていた。大丈夫だろうかと、ときおり、気になっていた。

外桜田御門を出た加門は、お、と足を速めた。

濠端で、田部井がこちらを見ている。

「おう、どうした」

走り寄った加門に、田部井が顔をほころばせた。

「新しいお役目の話がきたのです。徒目付《かち》にならないか、という」

「徒目付、そうか」

加門は意致の顔を思い起こす。決めてくれたのだな……。

「よいではないか、勘定所よりも向いているぞ」

「そうでしょうか、わたしに務まるでしょうか」

「ああ、やれ」

加門が腕を叩く。

「はい」

田部井は大きく胸を張った。

二

御庭番の詰所で、梶野が寄って来た。

「鈴殿の祝言は四月に決まったそうだな」

「ああ、そうなのだ。ぜひ、出てくれ」

「むろん、めでたい話だからな……ところで聞いたか、白河松平のこと……」

梶野のひそめた声に、加門も同じように返す。

「なにか動きがあったか、田安家のほうも気になっているのだが、定信様はまだ屋敷におられるのか」

「うむ、そのままだ。治察様が亡くなったあと、四十九日だ、百箇日法要《ひゃっかにちほうよう》だと、理由を付けて定信様は屋敷を離れようとしなかったろう。そのあとは喪中《もちゅう》だと言って、やはり動こうとはなさらん」

「年が明けてもそのままか、よほど、徳川家を離れたくないのだな」

「うむ、白河藩のほうはじれていることだろう。そこで、というわけでもないのだろうが、三月に藩主の松平定邦《さだくに》様が花見の宴をするそうだ」

「花見か」

加門は城中で見かけたことがある松平定邦の顔を思い出していた。

「うむ」梶野が頷く。

「白河藩の上屋敷には桜の木があるらしい。普段つきあいのある大名方や御公儀の重臣方を招いて催すらしい。当然、婿となる定信様も呼ばれるだろう」

梶野の言葉に、加門は「なるほど」と手を打った。

「そこで、お披露目《ひろめ》をするつもりかもしれんな」

「ああ、業を煮やしたあげくの妙案、ということかもしれん。まあ、あくまでもわたしの推測だがな」

「ふうむ、わたしもその考えは合っていると思うぞ」

二人は頷き合う。

「花見か……」

加門はつぶやいて、窓に目を向けた。

少しだけ開けられた障子の隙間から、春の風が流れ込んできていた。


三月。

昼から花見が催される、という話を聞きつけ、加門は八丁堀へと向かった。すでに何度か訪れた白河藩上屋敷だ。

これまでは閉ざされていた表門は、今日は開け放たれている。

中からは琴《こと》や笛《ふえ》の音が聞こえてきており、門の中へとつぎつぎに客が入って行く。

よし、と加門は堂々とその門をくぐった。

門番はいるものの、いちいち客を見てはいない。

庭へとまわり込むと、緑のなかに鮮やかな赤が見えた。所々に長床机《ながしょうぎ》が置かれ、緋毛氈《ひもうせん》がかけられているせいだ。そこに座り、茶を飲んでいる人々もいる。

庭に面した座敷には、人々が集まっている。

音曲は廊下で奏《かな》でられていた。

そのすぐ近くに、桜の木が見事な枝を張り巡らせている。桜の木は、池や築山《つきやま》の周囲でも薄紅の花を満開にしていた。

加門は庭をゆっくりと歩いた。以前、灸をすえた家臣や巾着切から財布を取り戻した家臣に会わないよう、庭の隅を歩く。歩きながらも目は、庭に面する座敷へと向いていた。

いた、と目を留める。

当主の定邦の横に田安家の定信が座っている。

皆が、その二人を囲んで談笑しているようすが、遠巻きながら見てとれた。

加門は庭の隅からそっと近づいて行く。定信の顔が見えてきた。硬い、笑いのない面持ちだ。

それに比して、周りの者らは笑顔を向けている。

次期藩主にお近づきなっておこう、ということか……。加門は思いを呑み込みながら、そっと離れた。梶野殿の考えは的中、ということだな……。

庭をひと巡りし、加門は表門へと足を戻した。と、門の手間で、その足を止めた。

屋敷のほうから、ざわめきが伝わってくる。

なんだ、と振り向く。

琴と笛の音がやんでいた。

加門は踵を返す。

「医者だ」

大声が上がる。

「桂庵《けいあん》先生を呼んでこい」

走って来る者がいる。家臣らしいその男は、門から飛び出して行った。

加門は屋敷へと寄って行く。

先ほどまで皆が談笑していた座敷が、ざわついている。立つ者、走りまわる者、出入りする者などが、騒々しい足音や声を立てている。

あ、と加門は息を呑んだ。

座敷に仰向けに倒れている人影がある。

皆に囲まれているその人は、藩主の松平定邦だった。

定信は近くに立って、呆然と見ている。

その足下で、奥方が腕に取りすがっている。

「殿……殿、ああ、どうすれば……」

「父上」

姫も足をさする。

あれが定信様の許嫁《いいなずけ》か……。加門はその姿を目で追う。

「父上、しっかりしてくださいませ」

目を閉じたままの定邦に取りすがり、揺さぶる。

「動かしてはなりません」

家臣が腕を伸ばし、姫を引き離した。

あれは、中風か……。加門は遠目ながらに見つめる。定邦の顔は半分が弛んでいるように見えた。

「布団を伸べました」

奥からの声に、家臣らがそっと藩主の身体を持ち上げる。

膳の散らばった座敷から、定邦は運ばれて行った。

加門の背後に、いつの間にか客らが集まっていた。

「むう、大事なければよいがのう」

「ほんに」

人々のささやき合う声が聞こえてくる。

「まさか、このようなことになろうとは……」

「ああ……しかし、養子が決まっていたのは幸いといえよう」

「おう、万が一があっても、お家は安泰だ」

「不幸中の幸いとはことのことよ」

交わされる言葉を聞きつつ、加門はそっとその場を離れた。

表門では、客らもばらばらと帰りはじめていた。

加門は門をくぐりながら、振り返った。

これでもう、定信様の道筋は決まったな……。

桜の花びらが、風で飛ばされてきた。


数日後。

御庭番の詰所に、知らせが入ってきた。

「白河松平様が目を覚まされたそうだ」

「おう、助かったのか」

「強運だな」

皆が口々に言い合う。

「のう、宮地殿」馬場が振り向く。

「中風は目が覚めれば、回復するのだろう」

「ううむ、すぐにまた倒れることもあるが、まあ、助かるはずだ。だが、麻痺は残るかもしれん」

「そうか、厄介だな」

「麻痺がどこまで残るかは、時が経たなければわからない、すっかりよくなることもあるがな」

ふうむ、と皆が顔をつきあわせる。

「我らも年を考えれば、他人事《ひとごと》ではないぞ」

「うむ、気をつけねば」

「わたしも先日、腹が痛くなってな……」

話は病へと移っていく。

加門は半分麻痺したような、定邦の顔を思い出していた。

四月。

馬場家に屏風《びょうぶ》が立てられた。

その前に、兵馬と鈴が並ぶ。

「いや、よい夫婦だ」

「うむ、めでたいことよ」

客らは酒で頬を赤くして、笑い合う。

鈴は時折、顔を上げて、加門や千秋を見る。

加門はだまって頷き返す。

「どうだ、娘を嫁に出す気分は」

酌《しゃく》をしにやって来た梶野が、にやりと笑う。

「ううむ、今は喜ばしいが、家に戻って、もういないのだと思うと、どうなるのか……わたしにもわからん」

「寂しいぞ、わたしはそうだった」

梶野は肘《ひじ》で加門を突く。

隣で千秋が溜息を吐いた。

「家人が減っていくのは、ほんに寂しいことです」

その顔を草太郎に向ける。

「減った分は増やしてもらわねば……草太郎、そなたの役目ですよ」

酒を含んでいた草太郎は、むせる。

隣の千江が兄の背中を撫でた。

「大丈夫、わたくしがついております」

「よけいに心配だ」

草太郎は胸を叩いて、大きな息を吐いた。


夏の風が吹くなか、加門は本丸御殿の前で足を止めた。

前をゆっくりと歩くのは、松平定邦だ。

右の足がうまく上がらず、身体が傾いている。

付き従う家臣が手を伸ばし、いつでも支えられるようにと間近に付いていた。

皆、顔は向けず、目だけでその姿を見つめている。言葉をかけたものかどうか、迷っている目だ。

そのなかで、定邦は顔を上げた。

自らの足で歩くという、強い意志が見てとれた。

加門はその姿が城中に消えるまで、見つめていた。

その後も、松平定邦の姿は城中でしばしば目に入った。が、身体の傾きは戻ることなく、大儀そうに歩く姿に、皆は道を譲った。

十二月。

田安家から養子に入った定信が、白河松平家の正式な跡継ぎとして認められ、公表された。

三

翌、安永五年。

一月も下旬になり、正月のにぎわいも収まった頃、加門は田沼邸を訪れた。

意次が老中となって以来、正月の前半は来客がひっきりなしに続くため、加門は近寄らないようにしてきた。その波が引けば、落ち着いて話もできる。

「よく来た」意次が笑顔で迎える。

「ちょうどよい、話があったのだ」

「よい話のようだな」

つられて笑顔になる加門に、意次が頷く。

「うむ、上様が日光社参《にっこうしゃさん》をされることになった」

「日光……東照宮《とうしょうぐう》にお参りされるのか」

家康公を祀った日光東照宮には、歴代の将軍の多くが参詣《さんけい》してきた。将軍の威光を示すよい機となるためだ。倹約令を敷いた吉宗でさえ、大金を投じて実行している。

しかし、家治は行ったことがない。明和二年の家康公百五十回忌の際にも、意次に代参を命じ、自らは江戸を離れることはなかった。

「以前よりお勧《すす》めしてきたのだが、やっとお心を決めてくだすったのだ。家治様はお城から出られることが少ないゆえ、初の大行列となる」

将棋や描画を好む家治は、鷹狩《たかが》りなどもしないため、滅多《めった》に城の外へ出ることがない。出ても寛永寺や増上寺《ぞうじょうじ》への参詣くらいだった。

「ほう、なにかお心持ちを変えることがあったのだろうか」

「うむ、家基様のご成長が、お心を動かしたのだと思うぞ」

西の丸で暮らす家基は、父に会いによく本丸を訪れる。加門も時折見かけるが、その成長ぶりは目にも明らかだった。

「そうか、家基様はずいぶんと背が伸び、頼もしくなられたからな」

「ああ、もう十五歳におなりだからな。声も太くなられて、すっかり大人の風情だ。将軍の座に就かれるお姿が目に浮かぶ」

「なるほど、上様もそれを実感されたのか」

「うむ、いずれ将軍の座を譲るのだから、その座をしっかりと固めておこうと考えられたのだろう。これまでは御政道も我らにまかせきりであったのが、最近では強い関心を寄せられるようになっている。次期将軍のため、手本を見せようというお考えに相違ない。いや、喜ばしいことだ」

意次は満面の笑みを見せる。と、その首を伸ばした。

「そうだ、加門、そなたも行かぬか」

「ん、どこへだ」

「決まっておろう、日光だ」

目を丸くする加門に、意次は言葉を続ける。

「よい所だぞ、なにしろ東照宮の造りが素晴らしい。家光公《いえみつこう》が贅《ぜい》を尽くされただけある。名工の手になる彫刻はもちろん、漆《うるし》や漆喰《しっくい》の技も見物《みもの》だ。なによりも、参道の杉並木が荘厳《そうごん》なこと、日本一の並木であろう」

ほう、と加門は目をしばたたかせる。日光のよさはこれまでにも、行った人々から聞かされてきた。見たことのない杉並木を思い浮かべてみる。

「そうだな……一生に一度は行ってみるべきか」

加門が頷くと、

「よし、決まりだ」意次が膝を打った。

「お、そうだ、それともう一つ……お富殿がまた懐妊したそうだ。先日、正利がうれしそうに知らせに来た」

岩本家から一橋家の側室に上がった富は、すでに長男豊千代を産んでいる。

「ほう、二人目か、それはめでたい」

「うむ、五月には生まれるらしい」

「そうか」

加門は岩本正利の妻の顔を思い起こした。また、男児が生まれるように、観音様に手を合わせているのかもしれないな……。

「お富殿は健やかゆえ、また元気な御子が生まれるであろう」

目元を弛めて頷いた。

三月。

城中では日光社参の準備が着々と進められていた。

加門はそっと意次の部屋に行き、戻るのを待った。中で待つときには、襖を少し開けておく決まりは未だに続けている。

その襖が大きく開いた。

「おう、来ていたのか」

うむ、と加門は神妙に見上げる。

「話があってきた。日光社参の供奉《ぐぶ》はやめることにした」

む、と意次が眉を寄せて向かい合う。

「流行病のせいか」

「うむ」

この年、再び質《たち》の悪い風が流行り出していた。

加門は拳を握って意次を見た。

「三年前の風でも多くの病死人が出た。こたびもそうなるだろう。わたしは江戸で手当てにあたることにする」

ふむ、と意次は目を見つめ返す。

「そなたのことだ、そう言い出すやもしれぬとは思うていた。あいわかった、思うようにしてくれ」

「うむ、社参が無事にすむよう、念じておる」

「なにやら、すまぬな。わたしもそなたが流行病をもらわぬように、日光で祈っているぞ」

二人の眼が頷き合った。

医学所の薬部屋で、加門は草太郎と向き合う。

生薬《しょうやく》をすりつぶす薬研車《やげんぐるま》を動かしながら、草太郎は傍らの父を見る。加門はすりつぶした生薬で、丸薬《がんやく》を作っていた。

「この薬はどの程度、風に効くのでしょう」

息子の問いに、加門は小さく首を振る。

「風を治すことはできん。だが、風に負けないよう、気力と体力を強めることはできる。病に打ち勝つかどうかは、一人ひとりの命の強さによって決まるのだ。町には怪しい呪《まじな》いや、なにが入っているかわからん薬も流行っているようだから、まっとうな薬を行き渡るようにせねばならん」

「はい」

草太郎は薬研車をまわす手に力を込める。

「こたびのものはお駒風《こまかぜ》と呼ばれているようですね。人気の浄瑠璃《じょうるり》からきているとか」

前年から、江戸の人々を熱狂させている人形浄瑠璃があった。『恋娘昔八丈《こいむすめむかしはちじょう》』というその芝居の主人公がお駒という名だった。流行病には、そのときの流行から名が付けられることが多い。

加門は顔を上げた。

「あの話は、昔、本当にあった騒動が元になっているのだ。わたしはまだ八歳頃であったが、江戸中が騒ぎになったから覚えている」

「へえ、どのような騒動だったのですか」

「白子屋《しろこや》という材木問屋で起きたことでな……」

享保《きょうほう》十一年（一七二六）十月。新材木町《しんざいもくちょう》の白子屋は、娘のくまに婿を迎えることとなった。大伝馬町で大店を営む家の息子、又四郎《またしろう》が養子として入ったのだ。が、それは結納金《ゆいのうきん》目当ての縁組みだった。

夫婦になったものの、くまは又四郎が気に入らず、陰で手代の忠八《ただはち》と密通していた。

女中のひさが手引きをし、密かに逢瀬《おうせ》を重ねていたのだ。

やがて又四郎が気に入らないくまは、夫が死んでしまえば晴れて忠八と夫婦になれると考えるようになっていた。ひさもそれを焚《た》きつけていたため、くまは策を巡らせる。母のつねも娘に加担した。

母子は出入りの按摩《あんま》に毒を盛ることを指示。なにも知らない又四郎は毒を服《の》んでしまうが、身体を悪くしただけで、死ぬことはなかった。

ここで焦ったくまは、思い切った手に出る。女中のきくに、又四郎の喉を掻き切れと命じたのだ。

寝ている又四郎に、刃物を持ってきくは襲いかかる。が、気づいた又四郎は身をよけた。刃物は逸れ、頭を切った。

大したけがではなかったが、又四郎は実家に駆け込んだ。

白子屋はきくの仕業《しわざ》として詫《わ》び、金を渡すことで話を収めようとした。

しかし、又四郎の両親は不審を抱く。

奉公人のきくが、なんのために若旦那を殺そうとしたのか。白子屋そのものが怪しいのでないか。そう考えた両親は、町奉行所に訴え出ることにした。

話を聞いた町奉行所はすぐに動き、白子屋の者を呼び出した。

くまらは、はじめはしらを切っていたものの、詮議を重ねるうちに、隠しきれなくなった。それぞれの思惑が明らかになり、事の真相は暴かれたのだ。

年が明けて享保十二年二月、沙汰は下された。

「そのおくまというのを……」加門は草太郎を見る。

「お駒に名を変え、浄瑠璃に仕立てたのだ」

父の語る話に、草太郎は手を止めて聞き入っていた。

「なんとも、恐ろしい女《おなご》らですね」

「うむ、事が明らかになって、江戸の皆も驚き、大騒ぎになった」

「どのようなお沙汰が下ったのか、覚えておられますか」

「うむ、全部、覚えておる、大岡忠相様が裁かれたので、それも評判になったのだ。まず、白子屋の主は殺しの策謀には関わっていなかったが、お店の始末不行き届《とど》きとして江戸所《ところ》払《ばら》い。毒を渡した按摩も同様。母のつねは遠島。くまに命じられて斬りつけたきくは死罪……」

「え」草太郎の声が遮る。

「命じられてやっただけなのでしょう」

「だが、命じられたときに役人に訴え出ることもできたはずだ。が、それをしなかった。それに、奉公人の主殺しは罪が重いのだ」

「ああ……だとすると、密通の手引きをしたおひさもですか」

「うむ、おひさは手引きのみならず、殺しを焚きつけた罪も問われ、市中引きまわしのうえの死罪であった。手代の忠八は獄門《ごくもん》だ」

「なんと……では、おくまもですか」

「おくまは一番重い罰を下された。市中引きまわしのうえの獄門だ。首は浅草《あさくさ》で晒《さら》されたそうだ」

うつむ、と草太郎が唸る。

「なんとも、いやな騒動ですね」

「ああ、だが、直後から話は広まり、芝居になったり、本になったりした。それほど語り継がれたのは、おくまの最後が評判になったからだ。馬に乗せられて引きまわされたおくまは、白襦袢《しろじゆばん》の上に黄八丈《きはちじよう》の小袖《こそで》という姿で、首には水晶《すいしよう》の数珠《じゆず》をかけていたということだ。堂々と顔を上げ、経文を唱えていたともいう」

「へええ、黄八丈というのは高価なのですよね」

「ああ、白襦袢も水晶もな。市中引きまわしのさい、その姿が知れ渡り、多くの人がひと目見ようと押し寄せたらしい。わたしは行かなかったが、あとで何人もの人から聞かされたものだ」

はああ、と草太郎は首を振る。

「そんな女の名を付けられたら、風がますます質《たち》が悪くなりそうですね」

「そうだな」加門は苦笑する。

「だから、薬を作らねばならんのだ。そら、手が止まっているぞ」

はい、と草太郎は車をまわす。

お駒風は江戸だけでなく、広く地方にも広まっていった。


四月半ば過ぎ。

加門は上野広小路へと向かった。

同じ道を人々も行く。

「公方様の行列が日光から戻って来たんだとよ」

「大行列は見応えがあるな」

そう言い合いながら、集まって来る。

加門は遠巻きに、やって来る行列を見た。

葵《あおい》の御紋のついた幟《のぼり》が揺れ、槍持《やりも》ちなどが続く。

馬に乗っている田沼意次の姿もあった。

元気そうだな……。加門はその姿に、ほっと息を吐く。

漆塗りに金蒔絵《きんまきえ》が施された家治の乗物も通り過ぎて行った。

騒ぎが起こることもなく、行列は城へと向かって行った。

見送った加門が歩きはじめると、

「宮地様」

という声が追いかけてきた。振り返った加門は、

「おう、源内殿か」

足を止める。平賀源内がぺこりと礼をした。

「ご無沙汰《ぶさた》をしておりました、宮地様もお出迎えですか。わたしも先ほど、前に出て行って、田沼様に目礼をいたしました。田沼様は馬の上から気づいてくださり、わたしに頷いてくださいましたよ、いや、お変わりなく戻られてなによりです」

「ほう」相変わらずの源内の口舌《こうぜつ》に、加門は笑顔になる。

「源内殿はしばらくは江戸か。秩父はどうされた」

「ああ、秩父はもう行きません。結局、思ったような鉱脈は見つからなかったのです。もう、山師はやめです」

「そうなのか、今はどこにおられる」

「深川《ふかがわ》の清住町《きよすみちょう》です」大川の方向を指さす。

「使っていない下屋敷があるというので、借りたのです。今、そこで新たなる仕事に取り組んでいるのです」

「ほう、それはどのような」

「エレキテルというものでして、口で説明するのはなかなかに……できたら、是非、ご覧になってください」

「エレキテル……よくわからないが、楽しみだな」

「はい、ご期待ください。おおっと、ではこれにて」

源内は離れたところに立つ若者に向かって、足早に行く。と、見目のよいその若者と睦まじそうに歩き出した。

ほう、と加門は目を細めた。新しい念弟《ねんてい》か……。瀬川菊之丞を失って気落ちしていた源内を思い出し、加門は微笑んだ。思い合う相手がいるというのは、よいことだ……。そうつぶやきながら、歩き出した。

四

「田部井殿、おられるか」

戸口で声をかけると、すぐに足音がやって来て戸が開いた。

「宮地様、ささ、どうぞ」

廊下を進みながら、田部井は振り向く。

「今日はなにか、御用でも」

いや、と懐から小さな包みを取り出した。

「お駒風が流行っているからな、身体が弱らぬように薬を持ってきたのだ。どうだ、徒目付の御役は、もう仕事をしているのか」

探索のしかたなどを教えた手前、気になっていた。

「仕事などとんでもない、とてもとても……三月の末から、やっと見習いをはじめたばかりです」

座敷で向かい合うと、田部井は肩をすくめた。

「長年お役についておられる徒目付のお方から、修練を受けはじめたのですが、いや、一から難しいことばかりで……武術も大事だというので、今月から剣術道場にも通いはじめたのです。数年ぶりだったので、はじめは腕が痛くなりまして……」

苦労話とは思えない朗らかさで語る。

ほう、と加門は頷いて話に聞き入る。勘定所にいた頃よりもよい顔になった……。

「田部井殿に向いた仕事のようだな」

「はい」明るい顔で頭を掻く。

「勘定所の仕事も向いていると思ったのですが、やってみたら、こちらのほうがずっとわたしに合っているとわかりました。じっと机に座っているよりも、探索仕事のほうがやりがいがあります」

「そうか、仕事というのは、実際にやってみなければ、その苦労もやりがいもわからないものだ。だが、武士は自ら仕事を選べるものではないからな、己を生かす仕事に就けるというのは運がいい」

「はい、わたしもそう思います。されど、これは宮地様のおかげ……どのようにご恩返しをすればよいかと、ずっと考えているのですが……」

身を乗り出す田部井に、加門は笑って手を上げた。

「恩など感じることはない、縁があっただけのこと。縁こそが人の運なのだ、田部井殿の運が開けた、いや、己の手で開いた、ということだ」

はあ、と田部井の目が見開く。

「縁は運、ですか……そのように思えば、あの日、先輩方に突き飛ばされて転び、宮地様に手当てをしていただのも、縁だったのですね」

「ふむ、そういうことだな。縁があれば人はつながるものだ」

言いながら、鈴の言葉を思い出して笑いが浮かぶ。

「そうか」田部井は手を打った。

「わたしは勘定所のお人らをよく思っていませんでしたが、そうではないのですね。あのお人らがいたから、宮地様に縁がつながった。そう思えば、あの人らの縁さえも、ありがたいものかもしれない……」

ふうふむ、と己の言葉に納得して頷く。

「なるほど、それはよい考えだ」

加門も頷く。と、その顔を戸口へと振り向けた。

「誰か、来たようだぞ」

同時に、

「ごめんくだされ」

と、声が上がった。

「はい、ただいま」

田部井が立って、出て行く。

加門はそっと顔を半分覗かせ、土間を見た。

戸を開けて入って来たのは、五十がらみに見える武士だ。と、その背後から娘も入って来た。

「これは、後藤《ごとう》様……」

膝をついた田部井の声には、戸惑いが含まれている。

後藤のほうはにこやかだ。

「いや、田部井殿が徒目付になられたと聞きましてな、近所のよしみ、是非お祝いをと思いまして、これを……つまらないものですが」

風呂敷包みを差し出す。

「や、これは……恐れ入ります」

うやうやしく受け取り、田部井は礼をする。

「それに」後藤はうしろに控えていた娘を前に出した。

「娘の文《ふみ》が佃煮《つくだに》を煮たので、お持ちしたのです。親が言うのもなんですが、文の佃煮はなかなかの味でして……あ、佃煮はお嫌いですかな」

「ああ、いえ、好物です。うまい佃煮があれば、飯が何杯でも食えるほどで……」

「おう、なればよかった、さ、文、お渡ししなさい」

覗かせていた加門の顔はすでに半分を超え、すっかり廊下に出ていた。

文は蓋付きの小鉢を、そっと差し出す。

「これは、かたじけない」

田部井はそれを受け取った。

「いや、邪魔をしました。お客様のようですな」

後藤がちらりと加門を見た。加門は開き直って、会釈をする。

後藤と文が頭を下げる。

「では失礼を……今後とも親しくおつきあいのほどを」

そう言って、出て行った。

風呂敷包みと小鉢を持って、田部井が戻って来る。

「いやあ」

「近所のお人か」

加門の問いに、田部井は包みを脇に置きながら頷く。

「同じ御家人でも我が家よりもずっと禄の高い家で、大したつきあいはしてこなかったのですが……」

笑いながら言う加門に、田部井は「えっ」と目を丸くした。

「見合いだな」

「徒目付となって、皆の態度が変わったであろう」

「あ、はい、そうなのです」田部井は身を乗り出す。

「小普請組にいた頃は挨拶をするのがせいぜい、勘定所に入ってからは世間話もするようになったのですが、徒目付になってからは、物をくれるお人が出てきまして……徒目付は要らぬつきあいをしてはいけないのですが……どうしたものかと……」

顔を振る田部井に、加門は笑いを見せた。

「人というのはそういうものだ。さらに、縁組みも持ち込まれる。どうであった、今の娘御、文殿と言ったな」

「縁組み……見合い、ですか」

「うむ、あの後藤殿はそういう心づもりであったと思うぞ」

「はあ」

田部井は顔を赤くする。

「その佃煮、味を見てはどうだ」

加門が指さす小鉢を、田部井は手に取った。

蓋を取ると、浅蜊《あさり》の佃煮が現れた。指でつまんで、口に運ぶ。

「ああ、うまい」

そうか、と加門も手を伸ばす。

「お、うまいではないか」

二人の目が合い、笑いが浮かんだ。

「うまくまとまるとよいな」

加門のことばに「いやあ」と田部井は照れて頭を掻く。

「わたしを見てがっかりしたかもしれませんし」

「顔はなかなかよいぞ」加門は笑う。

「そなたも気に入ったのであれば、動けばよい、縁はつかみ取るのも大事だ」

加門の脳裏に、今度は千江の顔が浮かんだ。

「つかみ取る、ですか」

田部井は目を開くと、「はい」と胸を張った。

田部井の屋敷を出て、加門は神田の道を歩き出した。と、その身をつっと道の端に寄せた。

前から来る二人組に見覚えがあった。

そうだ、田部井殿を突き飛ばした勘定所の二人だ……。そのときの情景を思い出しながら、加門は目で追う。

通り過ぎる二人の声が聞こえてきた。

右の男が手にした風呂敷包みを持ち上げた。

「本当にこれでよいのか……田部井殿は饅頭《まんじゆう》が好きだと聞いたことがあるのか」

「それはないが……なにが好きかわからんのだから、しかたあるまい」

左の男が首を振る。

田部井の屋敷を訪ねるつもりか……。加門は踵を返して、うしろに付いた。

二人はぼそぼそと話し続ける。

「まさかのう、あの田部井殿が徒目付に任ぜられるとは……」

「うむ、こんなことなら、親切にしておくのだった」

「よもや、この先、目を付けられるようなことはあるまいな」

「やめてくれ、田部井殿が話していた相手は、やはり御庭番だったそうではないか。

御目付に御庭番、双方から睨まれたら、どうなるのか……」

男の肩が下がり、うなだれる。

加門は吹き出しそうになる息をぐっと呑み込んだ。そんなことで目を付けるほど、暇ではない……。

「ううむ」右の男が天を仰ぐ。

「なんと言って謝ればよいのか」

「それは、申し訳なかった、と言うしかなかろう」

「そんなことで、許してくれるだろうか」

「ううむ」と左の頭が傾く。

「怒りが解けないようであれば、何度も通うしかないだろう。我らの先行きがかかっているのだ」

「そうさな、次は酒でも持って行くか」

「田部井殿は酒を飲むのか」

「さあ、わからん」

首を振りつつ、二人は田部井の屋敷の前で立ち止まった。

「ここだな」

加門はその背後をゆっくりと通り過ぎる。

「うむ」

「行くぞ」

「うむ」

二人の声が上がり、木戸門をくぐるのが見えた。

加門は横目で見て、行き過ぎた。その耳に、田部井の声が甦った。

〈あのお人らがいたから、宮地様と縁がつながったのですね〉

ふむ、怒ることはあるまい……。加門は口元を弛め、来た道をまた戻りはじめた。

五

加門は中奥の庭で、登城の足を止めた。

吹いた風に誘われて、五月の梅雨空《つゆぞら》を見上げる。

雲が形を変えて流れるのを目で追っていると、

「宮地殿」

と、駆け寄って来る足音があった。岩本正利だ。

「よかった、ここで会えて」

息を切らせて、正利が前で立ち止まった。

「おう、どうした」

「生まれました、昨日…… 男《おのこ》です」

「お富殿か」

「はい」正利が満面の笑みで頷く。

「昨日、十一日に、また安産で、元気な男児でした」

「ほう、それはでかした。治済様もお喜びであろう」

「大層お喜びである、とお使いのご家来が……」

正利は、ほう、と息を吸って整えた。

そこに「おうい」と、中奥の廊下から声が飛んだ。

田沼意次が立っていた。

二人が寄って行くと、意次は正利に笑顔を向けた。

「聞いたぞ、男児だったそうだな」

「あ、知っておられましたか」

「うむ、屋敷が隣だからな、すぐに知らせが来た」

意次は笑みをみせる。

なるほど、と加門は思う。治済に請《こ》われ、お富を側室に選んだのは意次だ。その義理も重んじてのことだろう……。

意次は声を落とした。

「治済様は今度も男、と信じておられたようだ。今朝、出がけに寄って来たのだが、もうお名を決めておられた。力之助《りきのすけ》というそうだ」

「力之助……よい名だ」

正利も笑みを広げる。

加門はその肩をぽんと叩く。

「奥方の観音様への祈りが届いたな」

ああ、と正利が肩を上げる。

「また、いつでも屋敷に来てくれ」意次が歩き出しながら言う。

「改めて祝いをしよう」

加門と正利は笑顔で頷いた。

「さて」正利は加門に背筋を伸ばした。

「御庭番の皆様にもお伝えくだされ。わたしは親戚に知らせを……」

そう言って、走り出す。

加門は目を細めて、そのうしろ姿を見送った。

北の丸の木立のあいだを、加門は進む。

田安家の屋敷が見えてきた。

定信は松平定邦が倒れて以来、この屋敷には戻っていない。

屋敷は静かだ。

治察の逝去で、家臣の数は減っていた。宝蓮院や香詮院ら、夫の菩提《ぼだい》を弔《とむら》う未亡人らがひっそり暮らす屋敷となっている。治察には正室がいなかったため、残された夫人もお付きの女中もいない。障子は開け放たれているが、その内側から聞こえてくる声や音はなかった。

屋敷を離れ、加門は東へと足を向ける。

そこには清水家の屋敷がある。

当主の重好は将軍家治の弟だ。

加門は清水家の屋敷を遠目に見る。

重好には公家の姫である正室があるが、子はいない。側室も置いていないため、跡継ぎの生まれる気配はないままだ。

加門はそっと近づく。

屋敷はいつも静まりかえっている。家治と同じく、重好も鷹狩りなどは好まず、屋敷から出ることも少ない。

しかし、と加門は父であった家重の姿を思い出していた。

家重は自分が兄弟仲の悪さで苦しんだためだろう、息子二人には心を砕いていた。それが功を奏し、家治と重好は仲がよい。重好はしばしば本丸御殿の兄を訪れ、家治も正室を伴ってこの清水家の屋敷を訪れたこともあった。

これで御子がいれば、心強いのだが……。加門は、溜息を吐く。

その足で清水御門を出て、加門は内濠の橋を渡った。

そこから一橋御門のほうへと歩き出す。

内濠沿いを行きながら、加門は、そうか、とつぶやいた。

田安家と清水家は北の丸にある。内濠に囲まれた城の内側だ。

だが、一橋家があるのは、内濠の外、いわば城の外だ。

加門は見えてきた一橋家の長い塀を見つめる。

その塀の向こうは田沼意次の屋敷だ。さらに松平家などの大名屋敷もある。

城の外、か……。加門は一橋家の門を見ながら歩く。格下と宣じられたのと同じことだな……。

門は開けられており、そこに人が入って行く。

手にしているのは、力之助誕生の祝いの品に違いない。

使いが終わって出て来る者もいる。皆、身なりがいい。大名家や重臣の家臣であろうことが、一目で見てとれた。

加門は塀沿いに進む。

塀越しに伸びる松の枝を、見上げた。内側は庭なのだろう。

ふと、足を止めた。

内から、微かに笑い声が聞こえてくる。

長男の豊千代はすでに四歳だ。

そこに力之助が加わり、皆が囲んでいるに違いない。

高らかな声はお富だろう。

太い笑い声は治済のようだ。

加門は松の枝を見上げる。

御三卿のなかでは一人勝ち、ということか……。腹の底で思いつつ、「そうか」と思わず声に洩れた。

定信様の養子を強く勧めたのは、このための布石だったのだな……。

加門は歩き出す。

布石はうまく働いた、ということか……。

加門は振り返りながら、一橋家をあとにした。

時代小説
二見時代小説文庫

秘《ひ》された布石《ふせき》 御庭番《おにわばん》の二代目《にだいめ》15

二〇二一年 二 月 二十五 日 初版発行

著者 氷月《ひづき》 葵《あおい》

発行所 株式会社 二見書房
〒一〇一-八四〇五
東京都千代田区神田三崎町二-一八-一一
電話 〇三-三五一五-二三一一［営業］
〇三-三五一五-二三一三［編集］
振替 〇〇一七〇-四-二六三九

印刷 株式会社 堀内印刷所
製本 株式会社 村上製本所

ISBN978-4-576-21012-4
https://www.futami.co.jp/

早見俊

椿平九郎 留守居秘録 シリーズ

以下続刊

①椿平九郎 留守居秘録 逆転！評定所

出羽横手藩十万石の大内山城守盛義は、江戸藩邸から野駆けに出た向島の百姓家できりたんぽ鍋を味わっていた。鍋を作っているのは、馬廻りの一人、椿平九郎義正、二十七歳。そこへ、浅草の見世物小屋に運ばれる途中の虎が逃げ出し、飛び込んできた。平九郎は獰猛な虎に秘剣朧月《おぼろづき》をもって立ち向かい、さらに十人程の野盗らが襲ってくるのを撃退。これが家老の耳に入り……。

二見時代小説文庫